MIURA AYAKO LITERATURE MUSEUM
三浦綾子記念文学館

手から手へ～三浦綾子記念文学館復刊シリーズ⑫

対
遠くあれど

三浦綾子
三浦光世

表紙デザイン　齋藤玄輔

はじめに

はじめに

三浦綾子

わたしたち夫婦は、この六年間ほとんど四六時中、共にいる。一つ机に向かい合って、二人は共に仕事をしている。三浦は、いま聖書物語の連載や「信徒の友」という雑誌の短歌欄の選をしているし、わたしの原稿の浄書を手伝ってくれている。

外出する時も、二人はほとんど一緒である。二人が同じ場所にいないということは、ほとんどない。それでいて、三浦は一人でどこかに息ぬきに行こうとは決してしない。わたしと共にいるのが、最ものびのびするというし、わたしもまた三浦と共にいるのが、何よりも楽しい。

なぜ二人が共にいるのが楽しいのか。それは、語ることがそのまま、語らぬ思いと共に、あやまりなく受けとり合えるからではないだろうか。自分の気持ちを過不足なく、そのまま受けとってもらえることは楽しい。

わたしたちの日常の会話は、大体ここに述べられているような内容である。無論、対談に先だって、語る順序を一応は定めたが、内容的には大差がない。

わたしたちはこの中で、家庭とは何か、夫婦とは何かを語った。が、一人の男と一人の女が一つ屋根の下に住むということは、要するに住んでみなければわからないことなのだ。つまり、あくまでも個性的な問題なのだ。

これがもし、わたしの夫が他の男性ならば、また別個の家庭ができたかも知れないということになる。だから「わたしだから」こういう家庭をつくれたとか、「あの人だから」ああいう家庭しかつくれないとは、いえない問題であろう。要するに二人の関係においてつくり出されるのが、家庭ということであろう。

わたし個人の性格についていうと、あまり感情に起伏はないが、語調が強いそうだ。〝そうだ〟というのは、無責任ないい方だが、わたしは生来の自分の語調を、それほど強いとも思っていない。いかに善意をこめても、熱心にいえばいうほど、語調が強くなるらしい。そしてあまり愛想もよくない。

こうした大きな欠点を持っている人間が、とにもかくにも夫婦仲がよいというのは、これはもう奇蹟的なことではないだろうか。つまり相手のおかげなのである。

夫婦の間というものは、そういう微妙なものである。第三者のうかがい知ることのできないものがあるのだ。そして、実は、そこのところが語られていなければならないのだが、それはそうたやすく語り得ないものなのだ。

このうかがい得ないところを、対談の行間から読みとっていただければ、幸いである。

生い立ち

生い立ち

困苦と性格形成
勤労教育は不要か
陰の祈り
性意識の発達と自由
性教育は急ぐべきか

――三浦さんご夫妻に、幼少の頃から、今まで歩まれてきた体験や、人生についての考え方などについて、話し合っていただきたいと、企画いたしました。よろしくお願いいたします。

まずお二人の生い立ちや、小さい時の思い出などからお話ししていただきましょうか。

（光世）そうですねえ。まず大正十三年四月四日生まれ。江戸っ子です。神田《かんだ》じゃなくて、目黒の不動の杜《もり》のあたり。生まれた時は、人一倍重かったそうです。今とはまるっきり反対だったんですね。

（綾子）その時は大震災の翌年ね。

（光世）うん、そう。あの……といってても見たわけじゃないんですが、震災当時はおふくろのおなかにいたんですね。その影響だと思うんですよ。いまもって、神経が磁石《じしゃく》の針のようにいつもびりびりふるえている。（笑）

でも、四歳頃……正確にいえば三歳と五カ月頃、北海道に移住しました。それがよかったんですよ。あのまま東京にいたら、どっちみち生きちゃいなかったと思います。

――といいますと。

（光世）父親が肺結核になって、何度も喀血《かっけつ》したわけですよ。それで幼児感染もしましたし、仮に健康で育って学校教育を受けたとしても、この性分《しょうぶん》では、ろくなことになっていなかったと思います。ああ、親父《おやじ》ですか、北海道へは死ぬつもりで帰ったらしいんですね。自分の開拓した土地……その頃伯父《おじ》や祖父たちがそこにいたわけですが、そこで眠りたかったんでしょう。東京から引き揚げて、三カ月ぐらいで死にました。

――覚えておられるんですか。

（光世）ええ、覚えているんです。わたしは満三歳にならぬ頃の記憶がいくつかありますから。ちょっとばかり早熱だったんでしょうか。親父が死んで、座棺に入っている姿を、おふくろに抱かれてのぞいたこと、骨を拾うのを、おふくろの背中から見た記憶が、いまもはっきりあるんですよ。

（綾子）光世《みつよ》さん、その時のことを詠《よ》んだ歌があったでしょう。

（光世）ああ、大した歌じゃないけれどね。

母の手に抱き上げられてのぞき見し御柩《みひつぎ》の父を今に忘れず

父の骨拾ふを母の背《せな》に見き満三歳の記憶の一つ

まあ、こんなことで父に早く死別したわけですが、母はその後自分で畑を耕して、わたしたち子供を育てていました。……ああ兄弟のことをいっていませんね。

兄と妹、それと伯父の養子になっている姉がいました。そのうちにその兄と妹を伯父の所に、わたしを母の父、即ち母方の祖父の所に預けて、長い旅に出たわけです。

　こんなところで、綾子《あやこ》の小さい時のことを語ってもらおうか。

（綾子）わたしは光世さんより二つ年上で、大正十一年四月二十五日生まれ。わたしね、時々、ああ、わたしは光世さんが、まだ生まれていない世の中に、二年も自分が生きていたんだなと、とてもふしぎな気がするんです。これは、妻としての感情なんでしょうけれどね。

（光世）綾子は生まれた時、仮死状態だったんだね。

（綾子）そうなの。へその緒《お》が首に二巻きしていたらしくって、ぐたっとして生まれてきたのよね。勢いのよい「オギャアッ」という声が、親を安心させる第一のことなのに、わたしは生まれた時から、親不孝なの。どんなにか母は心配したろうと思うのよ。産婆さんにお尻を叩かれたり、水につけられたりして、何の罪も犯さぬうちに、まず拷問《ごうもん》……。（笑）

　わたしね、神さまは、わたしを誕生させるべきか、死なすべきか、ちょっと迷われたんじゃないかなって、よく思ったわ。そう神が考えたとしても仕方のないものを、自分の性格の中に見るものだから。いかにして誕生したかってことも、その人間には影響のあるものなのねえ。こんなふうに生まれたからというわけじゃないでしょうけれど、わたしは生来腺病質《せんびょうしつ》で、いつも中耳炎だ扁桃腺炎《へんとうせんえん》だと病院通いをしてね、何となく、小さい時というと病院の消毒薬の匂いが漂ってくるような気がするのよ。耳鼻科に七年も通いましたからね。

赤い房のついたちりめんのお被布《ひふ》を着て、人力車に乗ってね。四つか五つの子が一人でちんまり人力車に乗っけられて、「ハイヨッ」と車夫が声をかけて梶棒《かじぼう》を上げると、ゆらりとゆれるの。あの、ゆらりとゆれる感じ、変に不安だったわ。大成小学校の横を人力車に揺られて行くと、学校の窓から「吾《われ》は海の子」の唱歌が聞こえてきたりしたのも、妙に淋しくってね。忘れられないわ。

でも、こんな淋しさなんか、光世さんの大変な生い立ちとは、全く較《くら》べものにならないわね。

（光世）何度も話し合ってることだからねえ。改まって対談というのもどうも工合《ぐあい》が悪いね。まあ、初めてのつもりで話していこうか。

綾子のいうとおり、淋しいことは大分あったわけだけれど……やはり母に置いて行かれた時のことは忘れられないね。わたしの預けられた祖父の家は、宍戸《ししど》という家で、伯父の家から、そう六、七百メートル離れた所にあったわけですよ。

母が美容師にでもなろうとして、札幌へ出ることになり、一日か二日前に、わたしを宍戸の家につれて行ったらしい。わたしはいつものように、宍戸の家に遊びに来ていると思ったがそうではなかったわけ。母が発《た》った後、わたしは叔母《おば》に背負われて、家へ帰ることになったが、叔母がいうには、「光坊、もう、お前の母さんはいないよ。遠い所へ行ってしまったんだよ。」って。わたしは、「うそだい、うそだい。母さんは家にいる」といったが、家に帰ってみたら、もうガランドウ。ガランドウというほどの家でもなかったんですが、たしかに空き家。兄と妹は、伯父の所に預けられている。二歳の妹も大分だだをこねたらしく、コンペイトウをもらっても、なげ捨てたとか、そんな話を聞かされて、事実の前にはしょんぼりするほか、なかったわけです。

まあ、母としては、女手一つで、地味《ちみ》もよくない畑を耕してみても始まらないと思ったんでしょうね。新婚当時、父と共に熊の出る森林を開拓して、農の生活を経験しているわけだから、できなくはなかったと思うんだけれど、手職を身につけたら、子供たちを引き取ろうと思い立ったというわけだったのでしょうね。

(綾子) いつかお兄さんがいってたじゃない。光世さんがお兄さんの所に遊びに行ったら、おじいさんがあなたを叱ったとかって……。そして、泣いて帰ったって。

(光世) その時のことは、あまりよく覚えていないけれどね。あのおじいさんは困り者だったなあ。ええ、父の父なんです。父は割と真面目《まじめ》人間だったようですが、この祖父はいささか、いや大いにぐれ者のようで、酒乱でしてね。父を師範学校にやればやれたのを、飲みたいばかりにそうはしなかった。一生、自分だけ酒を飲んで、畑仕事などしなかったんですよ。

　その追い返された時のことは覚えていないが、鬼のような顔で、どなられたことはよくあったね。ふだんはホトケさまのようだが、飲むと悪鬼のようになって、祖母や家人をいじめる。全く手に負えなかったらしいよ。

(綾子) わずか五つぐらいの光世さんが、お兄さんに会いたくて、何町もの道を歩いて会いに行ったわけでしょう。それなのに、遊ぶ間もなく、ただおじいさんに叱られて、又、泣く泣く何町もの道を帰ってきた話を思い出すとね、わたし、涙が出て仕様がないのよ。泣いて帰ってきたって、慰めてくれるお母さんもいないじゃないの。わたしが抱きよせて慰めてやりたいような気がするわ、かわいそうで。（涙ぐむ）

（光世）馬鹿だなあ綾子、何十年も前のことを……。しかし酒乱っていうのは困りますよね。ふだんおとなしい人に多いんですかねえ。わたしなども、ふだんいうべきこともいえないほうだから、酒を飲んでいたら、立派（？）な酒乱になったかも知れないですね。幸か不幸か、親父の結核菌を大量にもらって、小学校に入る前に、リンパ腺結核になって、首がまわらなくなった。あんな小さい時から首がまわらない経験をしたわけだから、綾子が生まれてすぐ尻を叩かれたより、わたしのほうが罪が深かったのかな。

　その頃から、もうひょろひょろとした体になって、今日に及んだというわけですよ。

（綾子）入学式は誰と行ったの。ほかの人たちは、お父さんやお母さんに手を引かれて行ったんでしょ。

（光世）叔母だったね。何せ一里半近い道だったから、通学が大変でね。この叔母にはよくおんぶしてもらって、学校に通ったものだった。

小学校では「お前、宍戸の家にいるのに、どうして三浦っていうのよ」と聞かれるのがいやでね。兄と妹は三浦の伯父の家にいるから、自分の家にいると思われていたらしいんだよ。

(綾子) 子供って、悲情なことを聞くわねえ。悲情ということも知らないし、聞いていいかどうかもわきまえられないからね。でも、光世さんは偉いわ。親がいなくても、成績がよかったんでしょ。ほとんど首席ですものね。

(光世) なあに、二百二、三十人程度の山の中の小学校だもの、成績がいいといったって、知れてるよ。まあ往復の道のりが遠いのと、体が弱くて休んだ割には、習ったことをよく覚えたほうだが、学校へ行くのがいやなことも、時々あったよ。

(綾子) ああ、服の着具合が悪いとかって……。

(光世) うん、服の着具合が気持ちが悪いとか、リュックサックが落ちつかないとか、バンドがどうのとか言って、ぐずるんだよ。あれはどういう心理かねえ。とにかくぐずだったところもあったねえ、小さい時から。

――なかなか、デリケートな神経だったんですね。やはり芸術家気質でいらっしゃるのでしょうか。

（光世）いや、芸術家気質なんてもんじゃないです。ぐずですよ。自分の名にぐずを冠する人がよくいますがね。わたしもつくづく自分は「グズ」だと思います。

そんなことでしたから、祖父や祖母にずいぶん迷惑をかけました。ある時はとうとう、家の前の桜の木にしばりつけられたり……それを祖母が解いてくれたこともあったんです。この祖母は、母の実母でなくて継母でしてね。でもこの祖母は叔母や叔父たちが実母以上に慕ったという、やさしい人でした。

――綾子さんの小学校時代はいかがでしたか。

（綾子）わたしは両親も揃《そろ》っていましたし、小学校に入学当時は兄が三人、姉が一人、弟が二人、妹一人いましてね、その後、弟が二人生まれて、十人きょうだいになりましたけれど、まあ、そんな中で、平々凡々に育ったものですから、光世さんのように、胸をしめつけられるような思い出というのはなかったみたい。

小学校に入る年、旭川の四条十六丁目から、九条十二丁目に移ってきたんです。四条十六丁目というのは、一町ほどのところに「銀座通り」がありましてね。朝市が立ったり、夜、露店が出て、バナナの叩き売りなんかやっていて賑《にぎ》やかなところでしたけれど、移って行ったところは、近くに灰色のコンクリートのへいの刑務所があったり、二町四方の敷地を持つ旭中（今は東高校になっている）があったり、土木現業所、測候所などの広い敷地があって、おまけに、すぐ裏には牛朱別川《うしゅべつ》という川があって、淋しいところだったんです。でも遊び場に恵まれていましてね。

　測候所のタンポポなんか、子供の足の長さぐらいの丈高いタンポポで、そのタンポポでレイのような首かざりを編んだり、旭中の校庭の熊笹の原で、かくれんぼをしたり、きらきら光る大粒の珪砂をダイヤモンドだといって集めたり、刑務所のへいの下でままごとをしたりね。

（光世）火の玉を見たとかいっていたね、測候所のところで。

（綾子）そうなの。旭川に電車がはじめてついて、花電車を見に行っての帰りね、母と叔母と三人で測候所のところまで来たら、火の玉がふわりふわりと尾を曳《ひ》いて、低く飛んで行ったのよ。何とも言えず不気味だったわ。

　それから、すぐ近くの沼で、幽霊が出ると、大騒ぎになって、地元の新聞まで書き立てて、夜、叔母に連れられて行ってみたら、幽霊見物の人で、お祭りみたいに賑やかなの、アイスクリームの屋台なんか出ていて。

　でもね、わたし、自分が、銀座通りの近くで育った年数よりも、この淋しいところで育った年数が多いということ、わたしにとっては大きなことだったと思うのよ。

　街の中では味わえない不気味なものばかり見たり、聞いたりして育ったわけだから。例えばね、夜になったら痴漢のよく出る地帯で、大人だって一人歩きのできないところでしょう。もう、それだけでも充分毎日不気味なわけだけれど。

　真昼でも、ままごとして遊んでいるわたしたちのすぐそばで、刑務所の大門がぎいっと開いて、足にくさりをかけられた青い服の囚人が作業に外に出て行くのを見たり、旭中の五年生が、校庭で実弾射撃の練習をしている鉄砲の音を聞いたり、牛朱別川の切りかえ工事で、タコと呼ばれる土工夫たちが、赤い腰巻き一枚の半裸でトロッコを押している姿を見たり、それに火の玉を見たりでしょう？もう、子供にとっては、それだけでショッキングなことばかりね、そんなことが周囲に溢《あふ》れていたみたい。

（光世）なるほど。それで、信仰を求めた綾子の一つの面がつくられたのかも知れないね。

(綾子) そうよ。何を見て育ったかって、大きいことよ。無論、家庭の中の出来ごとが、一番大変なことだけれど。何かの心理学の本で読んだ記憶があるわ。あるきょうだいが道を歩いていて、一人は右を見て、人の死を見、左を見ていた一人はきれいな花原を見、それが二人ののちの性格を形成したとかって。

(光世) 綾子は何年の時だった? 牛乳配達をしたのは。

(綾子) ああ、あれは四年生の秋からよ。女学校卒業するまでずっとね。長兄が牛乳屋をしていたものですから、毎朝五時に起きて配達。学校から帰ってきて空きかん集め。昔はびんよりもかんが多かったのよ。びんも無論ありましたけれど。冬は牛乳が凍るとびんが割れるからでしょう。そして、空きびん空きかんを洗ったり、牛乳の殺菌をしたり、月末には四年生でも、ちゃんと請求書を書いて、集金に行ったり。

―― それで一カ月いくらだったのですか。

(綾子) あーら、一銭ももらいませんよ。今の子供のように、タバコ一つ買いに行ってもお駄賃だとか、肩を叩いて十円だとか、そんなみみっちい気持ちは、昔の子にはなかったでしょう？　それに、わたしには働いている苦痛とか、犠牲感みたいなものって、ちっともなかったみたい。

第一、みんなと一緒に遊びたいという子供じゃなくて、一人黙々牛乳を配達しながら、ものを考えていることの方が好きだったのよ。

今考えると、金銭では一銭の報酬ももらわなかったけれど、零下三十度の日も、真夏の三十度をこえる暑い日も、六年間牛乳配達を続けたっていうことはそれだけで、わたしはすごい報酬を得たような気がするの。わたしのような意志薄弱な人間が、元旦の日以外は、体の悪くない限り毎日降っても照っても配達したっていうこと、これは、本当に得がたい体験だったって、つくづく思うわよ。今の教育に勤労精神が欠けてるって、わたしは思うわ。あまり豊かじゃなかったから、家計を手伝うのは当然という、こう、胸を張った意識があって……。でも、光世さんと較べると、あまりいばれないわねえ。

（光世）今聞いていて思い出したんだが、街の中もけっこう淋しかったということだね。わたしは田舎の山の中で育ったので、野生的な人間になったかというと、そうはならなかった。三つ児《みご》の魂百までというが、どうも臆病だった。

何せ山奥でしたからね。夜の暗いのはこわい。わたしの育った家は便所が外にある。夜小用に起きるのがこわくてね。一度は向かいの納屋《なや》に下がっている筵戸《むしろど》が幽霊に見えて、ふるえ上がったことがある。それから、魚釣りに近くの川によく行ったんだが、あまり上流まで行く気がしなかったねえ。向こう岸の岩に、何かの洞穴を見つけて、急にそこから怪物でも出てきそうな気がして、すっとんで帰ってきたことがある。美しい大自然の中に育ったにしては、何ともおおらかさのない話だが、それでも東京にいたよりはよかったろうね。

綾子が牛乳配達をしたことは、いつも感心するんだが、綾子の変わり身の早い反面かなり粘り強い面があるのは、確かに牛乳配達のせいだろう。勤労教育はこれは大事だね。物を作り出す。物を生み出す。仕事を最後までやる。綾子は感謝していいね。

わたしも、体は弱かったが、それなりに家の手伝いはしたよ。夏になるとリンゴ園の草とり、何反《たん》ぐらいあったかな。家の周囲はリンゴ園で、その木の下を順ぐりに草刈りをしたものだよ。それと、むせるようなハッカ畑の草とり、炊事、これでも案外やっている。もちろんわたしも、報酬など考えたことはない。今考えてみると、労働即報酬だったような気がするよ。

　親父が生きていて……親父が甘やかしたかどうかはわからないが、もし甘やかされて育ったら、大変だったと思うね。ちょっとばかり貧しい淋しさも味わったし……。

(綾子) 光世さんの貧しい生い立ちには、やはりかなわないわ。一番辛《つら》かったのは、あのオーバーのこと?

──オーバーって何ですか?

(光世) ああ、母がある時、わたしにオーバーを送ってくれたんですがね。それが女の子のオーバーなんですよ。茶がかった赤いオーバーで、黒く染めたらよかったと思うんですが、そのまま送って来たし、家でも染めもしなかった。今ですとその点いいですね。いや、困ったことですかね、男が赤いシャツを着るし、女の子が男のズボンみたいなのをはくし、どっちがどっちだかしょっちゅうまちがいますからねえ。あれが現代なら「カッコいい」といわれたんだろうが、当時は厳然と区別されていた。だから、そのオーバーを着て行って、笑われましてねえ。「おいお前、女のオーバー着てるな。どうして、そんなもの着るのよ。」というわけですよ。悪いことに女の子のネームがそのままはりつけてあったんですが、とにかく恥ずかしかったですよ。

（綾子）それを着て行くのには、ぐずらなかったの。

（光世）そうだね。その時ぐずった記憶はないね。覚悟を決めて着ていったのかな。一《いち》か八《ばち》かというところも昔からあったのかも知れないね。

（綾子）笑われてけんかをしなかったの。

（光世）そのオーバーについてはけんかはしなかったが、けんかは時々したよ。ただ、「級長のくせに」といわれるんで、ふり上げた拳《こぶし》をもとに戻したことはあったね。その点兄貴ね、彼はけんか太郎だったようだな。わたしより度胸があったからね。釣りに行くのにも、熊も狸も恐れず、ずいぶん山奥まで入って行ったようだよ。開拓当時に、あの山の中で生まれただけに、野生的だったのかな。確かに性格形成一つ考えても、人間っておもしろいものだね。

——綾子さんの祖父母の方やご両親って、どんな方でしたか。

（綾子）父の両親は佐渡の人でしてね、祖父は少年の時に北海道に渡って、苫前《とままえ》という、天売焼尻《てうりやぎしり》の見える日本海の漁村で、よろず屋を開きましてね、一代で財を築いた人です。非常に穏和で、ほめない人のいない人格者だったらしいんです。村の総代なんかつとめましてね。

祖母は大変な美人で、お坊さんが来ても、長居をしたといいますから、俗人（？）はもっと長居をしたのでしょうか。山田五十鈴《いすず》に似ていたそうですよ。この人は利《き》かん気の人で、気前がよかった。奉公人もたくさんいたでしょうが、食事時に家に来た人は、道を尋《たず》ねによった人にさえ御飯をご馳走して、漬物樽一つずつ空にした日もあったと、母がいっています。

この二人の長男に父が生まれましたけれど、父はあまり気前もよくなければ、祖父のように穏和な人でもなかったんですね。わたしたち子供には優しい父でした。赤ん坊のハナを口ですすってとったりしましたからね。紙で拭《ふ》きとるのは痛かろうって。祖父の死んだあと、「坐して喰って」土地も家も喰いつぶしたらしいんです。父が十九、母が十六で結婚して、それから旭川に出てきて、苺売《いちごう》りをしたこともあるといっていましたから、子供を四人かかえて苦労したのでしょうね。わたしが物心ついた時、父は地元の北都新聞の営業部長をしていました。収入は多かったんです。月二百円から三百円だったといいますからね。小学校長の給料百円の頃のことです。

――それじゃ、家計は楽でしたね。

（綾子）それが、母の父が早くに死んで、その五人きょうだいの面倒《めんどう》を見たり、父の弟が長年わずらって、その八人家族を見たりでしたから、ちっとも楽じゃなかったんです。わたしは小学校を卒業したら、女中奉公に行こうと子供心に決心したくらいですから。

母は、木材業の家に生まれて、おっとり育ったので、気前のいい人です。客が来たら、何もなくても、戸棚を空っぽにして歓待しました。母の母が、そういう人で、二、三年前九十六歳で亡くなりましたけれど、この祖母は荒い言葉一つ出さない人で、いつも人の立場に立って行動した人でした。

わたしが老人を好きなのは、この祖母を見て育ったためだと思うんですよ。老人とは、何と偉大な人格であろうと、こういつも思っていましたからね。母は幸い、この祖母に似ています。

（光世）綾子の母は記憶力がいいというか、誠意があるというか、人の誕生日、命日、結婚の日などをよく覚えていて、足まめに訪問するよね。七十九歳の今でも、こうもり一つ忘れるということがない。全然恍惚《こうこつ》の人じゃない。

（綾子）その代わり娘のわたしが、生まれつき恍惚の人で、（笑）手袋は忘れる、帽子は忘れる、ひどいものねえ。わたしはどこから見ても、母の娘じゃありませんよ。本当に母から生まれたのかしらって、時々、母を見ていて思うんですよ。

（光世）それでも義理がたいところは、お母さんに似ているじゃないか。

（綾子）ありがとう。でも、わたしは父親似ね。父は営業部長といっても、広告取りだったわけですからね。旭川一と言われたぐらい、成績はよかったんです。それだけ忍耐のいる仕事だったわけでしょうから、大変だったと思うんです。家の中ではガミガミのワンマンでした。母はさからわずに、じっとがまんしていました。口答えなどしたのを、見たことありませんでしたよ。

わたしは、その父のガミガミいう性格に似ていると思うんです。ワンマンじゃありませんけれど。

――ご主人のお母さんは、美容師になられたわけですか。いつまでその宍戸家に預けられていたのですか。

（光世）ああ、母ですか。母は札幌、帯広、小樽、大阪など、ずいぶん歩きまわったんですが、とうとう手職のほうはものにならなかったんです。わたしが預けられていたのは、かれこれ十年ですか。その間母が何をしていたかというと、美容師修業はわずかでやめて牧師の家にお世話になったり、婦人宣教師のもとでお手伝いをしたり、そんなことをつづけて、結局経済的には何も得るところがなかったということです。

しかし、母はこの間にキリスト教の信仰を得たわけですね。キリスト教については、祖父……母の父も若い時入信して、あまりに早く洗礼を受けたためか、後には日蓮に傾倒したり、一貫しなかったようですが、頭のいい人で、聖書をよく覚えていたようです。特に旧約聖書に強かったようです。わたしが自分で聖書を読むようになって痛感させられたんですが、よく読んでいたなと思いますよ。

旧約聖書には無類《むるい》におもしろい話がたくさんありますね。あの物語性が、祖父はこたえられなかったのでしょう。話術の巧みな人で、わたしたちによく、旧約の物語や、怪盗ジュパンの話や、歴史の話をしてくれたものです。小説でも書かせたら、かなりのストーリーテラーになったかも知れないんですが、文才はどうだったかわかりません。たくさん日露戦争の時の日記をつけていて、誰か作家に小説にしてもらいたいといっていましたが、そんな夢を持ったままで、一生を終わりました。

　祖父が死んだ年に、わたしはようやく、母と兄と共に住むようになれたんです。わたしが小学校高等科一年生、満で十三歳ですから、十年までは離れていなかったんですね。兄が十八歳、運送会社で肉体労働をしていました。妹はすこし遅れて、一緒に住むようになったんです。離れていたせいか、母とはどこかぴたっとしない感じがありましたねえ、ややしばらく。親子はやはり、離れて住むものじゃないですね。

（綾子）でもね、お母さんがおっしゃってたわよ。わたし感動して忘れられないんだけれど……。いつかわたしが、光世さんのような人を育ててくれてありがとうっていったら、お母さんはね、「わたしは遠くにいて何もしてやれなかったから、母の資格はないんです。ただ切なる祈りを神に捧げて、神に委《まか》せるより仕方がなかったんですよ」って。これ、本当の信仰者の言葉でしょうね。親の子に対するあり方って、根本的にはこういう姿勢でなければならないんじゃないかしら。全能の神に祈るということね。

（光世）そうだね。父の場合は、親父は結婚して間もなく、信仰を持ったそうです。あの頃、自然主義文学のはやった頃でしょう。やたらに自然自然といってたらしいんですが村の医師にキリスト者がいて、感化されたようです。郷里の福島にいた時にも、教会に行ったことはあったそうだが……。

それで、死期が近づいた時なども、よく母に、「わたしはキリストと話をしているので淋しくはない」といっていたそうですね。きっと、祈っていたというわけでしょう。若い妻と、幼い子供を残して死んで行くのは、切ないことだったでしょうが……。

まあ、その父の祈り、離れてはいましたが母の祈りもあって、今日あるのだろうと思うことはよくあります。特に母はわたしたちのために、再婚の話を何度も断っていたわけですし、ありがたいと思いますよ。母が再婚していたら、わたしなどぐれていたでしょう、きっと。

――で、ご主人は小学校を卒業されて、すぐ就職なさったそうですね。

（光世）ええ、兄が、上級学校にわたしを入れたかったのですが、兄も現役で入隊しましてねえ。第一入学したくても、無理だったでしょう。そうですねえ、旭川に早く来ていれば、夜間中学という手もあったんですが、駄目だったでしょうね。この体では。

(綾子) でも、まだ腎臓結核にはかかっていなかったでしょう。

(光世) そりゃまあそうだったが、いずれは発病しただろうからね。初めに就職した運送会社の給仕も確かにきつかったなあ。お茶だけ出していればいいというものではないからね。荷物を運んだり、かついだり。しかし、いろいろ勉強にはなったよ。

(綾子) お給料は光世さん、いくらでしたっけ?

(光世) 初めが二十一円なり。一年後にやめる時、三十三円なり。五割強の昇給率だったね。

(綾子) 凄《すご》いわね、それ、特別でしょう。よっぽど優秀だったのね。

(光世) 優秀でもないけど。特別は特別だったろうね。綾子の初任給は?

(綾子) ええと、三十五円よ。

(光世) 昭和何年?

(綾子) 十四年よ。小学校教師の検定試験を受けて、勤めた時のね。光世さんが運送会社をやめた時は、十五年ね。

――初月給はどうなさいましたか。

(光世)全部母に渡しましたよ。初月給だけじゃなくて、その後も全部ね。運送会社から、営林署の山の事務所に入ってからは、日給月給といった勘定で、月五十四円だったんですが、食費を差し引かれた残りは、ほとんど母に渡しました。これも当然だと思っていましたから。

――ご主人のその時のお小遣いは?

(光世)小遣いは、ほとんど持ってませんでしたね。そうですねえ、月に一円ぐらいは使いましたでしょうか。まず、給料の十分の一までは使いませんでしたねえ。能力に応じて働いた……かどうかわかりませんが、必要限度内で使っていましたね。あれはわたしにとってよかったと思いますよ。金は使い出したらきりがありませんから。

――綾子さんの初月給は、まさかご主人のように、全部差し出すということはなかったんでしょうね。

(綾子)わたしね、女学校を卒業すると、すぐに、家を離れて歌志内《うたしない》の炭鉱街の教師になったでしょう。ですからね、そりゃ、全部は差し出せませんよね。住んで、食べてですから。

でもね、十五円、少なくても十円は送りましたよ、毎月。初月給も何もないのよ。父母に一銭でも多く送りたくって。その後、旭川の学校に勤めるようになってからは、全額差し出しましたよ。

――ボーナスもですか。

（綾子）そうよ、勿論《もちろん》。そのボーナスで思い出しましたけれど、最初の年の十二月は月給とボーナスと合わせて百円にならないのよね、九十円なの。わたしは、何とか百円送りたかったのに、残念だった。すごく残念だった。翌年は百円以上になって、嬉しくて嬉しくて、ほくほくして旭川まで持って帰ったことを憶えていますよ。

ところが、同僚の中に、親に電報を打って百円送ってもらったという話を聞きましてね。一体何に使ったのかしらと、びっくりしたことがありましたよ。

――着物や服はお買いにならない？

（綾子）その気《け》がわたしにはないんです。全然。それは今に至るまでですけれどね。

とにかく、働くことの目的の一つは家計を助けるということでしょう？　誰かの役に立っているっていうこと、これが喜びでしょう？　人間の。それに家族の一員として家計を助けるって、当然のことでしょう？

ええ、犠牲なんて、そんな気持ちはありませんよ。喜びなんですから。その上、生徒を教える喜び、これが、全くの話光世さんじゃないけれど、労働即報酬の典型ね、先生稼業は。

教師は毎日生徒という愛の対象を与えられているんですからね。

（光世）その点、事務屋とはちょっとちがうようだね。

（綾子）そうよ、ちがうと思うわ。わたしね、女性は一度保育の仕事ね、保育所や幼稚園の保母か、小学校の低学年を教えた経験を持つってこと、すごくいいことだと思うの。

それはなぜかといいますとね、若い女性は愛というと、異性に対する愛をすぐに思いえがいてしまうわねえ。ところが、一度子供に接したことがあると、そうじゃない愛があるということ、よくわかるんです。師弟愛っていうのかしら？

（光世）そうだろうね、いつだったか、平和通りで、驚かされたなあ。

――何です？　それは。

（光世）それはですね、綾子と二人で、ある夏の夜、平和通りを歩いていましたら、綾子が、パッとわたしの傍《そば》を離れましてね、タッタッと駆けて行ったと思うと、若い青年にパッと飛びついて抱きしめたんですよ。

（綾子）それが、わたしの教え子の宮田という青年なんですけれどね。こっちは十何年ぶりで会ったんでしょ、もう、なつかしくてね「静二くーん」って飛びついちゃった。でも、ダンナにしてみると、度胆《どぎも》をぬかれたでしょう。何しろ、メインストリート、旭川のどまん中ですからね。

（光世）たとえ、街のどまん中でなくたって、山の中だって、驚くよ。しかし、相手が、教え子だと知って、何とも言えないほのぼのとした気持ちになりましたね。

（綾子）ねえ、あれが、女性、男性を超えた愛情よね。抱きしめて、よくよく見たら、ひげも生《は》えてるし、わたしより背も高いし肩幅も広い立派な男性だけれど、わたしの心の中では教えた時の気持ちそのままなのね。こんな感情があること、この仕事についたことのない人にはわかりっこないかも知れませんよ。

それとねえ、たくさんの生徒を教えると、本当に人間は多様な性格があるということや、一口に、あれはいい人間、これは悪い人間って言えないこともわかりますよね。

小さい時素直そうでも、二十歳をすぎて、妙にゴツクなったり、ふにゃふにゃしていたのが、意外とタフな人間になったり、性急に評価できないいんです。

学校時代の成績のいい悪いも、席次の一番もビリも、あてにならないんですよ。人間が生きていくのに、もっと大事なものがあるのね。そんなことなんかも、教師をすると、理屈じゃなしに現実にわかってしまうんですよ。

そう、そうです。こういうことが、自分の子を育てる時に、ぐっと母親を落ちつかせますよ。ガタガタうるさくならずにねえ。

——いま、ちょっと男女間の愛ということが出ましたですね。その辺のお話っていいますか、ご経験を伺いたいんですが、例えば異性に対する目ざめといいますか。

(光世) ええと、綾子から話す？

(綾子) いいえ。光世さんからどうぞ。

(光世) そうねえ。オッパイを飲む行為が、異性への目ざめという説もあるしねえ……。

(綾子) そう。それは知らなかったわ。でも女の赤ちゃんが、母親のオッパイを飲む時はそうじゃないでしょう。何だか、それ変な説ねえ。

(光世) まあ極端な話だろうな。何でも性に結びつけてしか考えられない人が、考えたのかな。それは冗談として、わたしの場合、いつになるのかなあ。小学校に入って二、三年の頃、かわいい女の子に、わざと泥水をはねたり、意地悪をしてみたりしたね。

　一番ハッキリしてるのは、三年生の時、女教師に引率されてスキーをしていた時だよ。急に誰かに抱かれるようにして転んだんだが、それがその女の先生でね。みんながワッとはやしたてた。あの時は恥ずかしかったね。いや気恥ずかしいというのかな。何か甘ずっぱい感情、今でも忘れられない。児玉先生といったっけ。

(綾子) いい加減に忘れてよ、もう。

(光世) 忘却か。忘却が自由にできたら、記憶が自由にできるより、人間にとって重宝《ちょうほう》なことかも知れないね。いや、罪の意識もからっきしなくなって危険なことかも知れないね。……その先生、目の大きな、ちょっと綾子に似ていたな。似ていないところは、生徒が騒ぎ出すと、泣くことだった。綾子なら絶対生徒に泣かされることはなかったろう。

(綾子)当たり前よ。

(光世)一度その先生の手をひっかいたりして、泣かせてしまってね。祖父が詫《わ》びに学校まで出かけて行ったり、それも忘れられない。

小学校を終わって、就職して二年ほどで腎臓結核になったから、あとは痛い目にばかりあって……特別な異性の友だちもいなかったことは、毎度綾子にいってきたとおりだよ。腎摘出《てきしゅつ》のために入院した北大病院には、当時美しいナースがそろっていて、退院後少し手紙をくれた人もいたけど、すぐにそれっきり。金も持たない、いや、持てないから遊ぶことも知らずにすんで……その点でも語るべき経歴がないわけですよ。

綾子は?

(綾子)こういう男性が、どうしてわたしのような女を妻にしたんでしょうね。わたしは事男性に関する限り、あまり多すぎて……。

(光世) わたしが三十六人目の男性だそうだからね。(笑)

―― え？　三十六人目？　本当ですか？

(綾子) 本当ですよ。光世さんは、その点語るべき経歴がないなんていいますけれど、わたしはその点語るべきことが多くって、「三十六人の男性」という小説でも書かなくっちゃ、告白しきれませんよ。でも、オール心だけの関係なんです。で、今日は、三十六人以外の男性の話です。これはあまり、人には話したことがないんですけれど、一度は言っておきたいことでもあるんです。

ええと、あれは確か、そう、小学校一年の夏だったと思います。近所に十六、七歳の少年がいましてね。何か、こう妙に陰気な感じの男で、ふだんはわたしたち子供に話しかけたこともない。いつも眉間《みけん》にたてじわをよせて、紺がすりの着物を着ていましてね。その人が、ある夏の日、わたしを川泳ぎに連れて行くと言ってくれましてね。どうしてか、その時わたしはついて行ったんです。まだ切りかえ工事以前の牛朱別川は、中洲があちこちにありましてね。その人がわたしを背負ったまま、一つの洲まで連れてったんですよ。

(光世) それで？

(綾子)この話、光世さんに一度お話ししなかったかしら? たしかしたはずよ。

わたしはあなたに話さないことって、ほとんどないと思ったけれど。

(光世)さてね。その先をよく聞かないと、わからない。

(綾子)じゃ、あなたにとっては大したことのない話ね。忘れているぐらいだから。

その洲に渡ると、川原柳がたくさんあって、へんに淋しいところなの。わたしは淋しいから帰るって言ったのよね。そしたら、その少年、今考えると十六、七の少年でも、一年生のわたしには、大人のお兄さんですよ、その人がいきなりわたしを膝の上に抱き上げて、いうことを聞かなければ、帰してやらないっていったのよ。わたしは何かわからないけれど、いやーな感じがして、恐ろしくって、その人をにらみつけたの。

そしたら、三年生ぐらいの男の子がちょうど泳いで来て、「言ってやるぞ!」といってくれたんです。でも、その人はわたしを膝に抱いたまま、知らんふりをしていて……。

「やい、言ってやるぞ、綾ちゃんちの人に言ってやるぞ」って三年生ぐらいの子が傍から離れない。とうとうその人は仕様《しよう》ことなしにわたしを連れて、岸にもどってくれたんですけどね。

（光世）危機一髪だったわけだね。

（綾子）そうよ。家は川からすぐ近くですからね、わたしは走って家へ帰ったんですけれどね、でも、家の人には言わなかったわ。子供心に、あんな男と川に行った自分が悪かったと思ったのか、口に出して言えないことのように思ったのか、忘れましたけれどね。とにかく、姉にも誰にも言いませんでした。

その少年は家の四、五軒おいて隣にいましたからね、その後も顔は合わせましたけれど、わたしは絶対口をききませんでしたよ。それから一年も経った頃でしょうか、少年は肺病で死んだんです。その時の、「ざまあみろ！」といいたいような、わたしの気持ち忘れられませんね。

（光世）余程、応《こた》えていたんだね。

（綾子）そうでしょうね。今考えると、二年生の女の子が、人の死んだのを聞いて、「ざまあみろ」といった気持ちになったというのは、これは大変なことだったと思うのよ。

この名前も忘れた少年は、わたしを川原に連れて行った以前からきっと胸が悪かったのね、いつも着物を着て、ぶらぶらしていましたから。この男の影響かどうか、わたしは、簡単に女に手を触れるような男性は大きらい。ストイックな光世さんのような男性が好きね。恋愛もプラトニックラブがいい。握手もしないで別れるなんて好きよ。女をもてあそぶような男は大きらい！

学校に勤めていた時、一緒の電車に乗った同僚が、こんでいるのを幸い、わたしの手を握ったことがあるの。それ以来、今に至るまで、わたしはその男性がうすぎたなくて仕様がない。小さな時って、何も知らないのよ。その何も知らない女の子にいたずらする痴漢が絶えないけれど、わたしは、そんな奴は無期微役にしてもいいと思うことがあるの。

（光世）昔はそれでもやたらに殺されるようなことはなかったからよかったですが、この頃はすぐ殺しますね。これはどういうことでしょうかねえ。人間、昔も今もそんなに変わるはずはないんでしょうが……。やはり戦争中しめつけられすぎたタガが、急に戦後ガタガタにゆるんだということも考えられるんじゃないのでしょうか。いい古された言葉ですが、自由と放縦《ほうしょう》のはきちがえ、これはありますよね。

(綾子) 聖書にも、放縦の口実として、自由を濫用《らんよう》するなっていう意味の言葉が、どこかにあったわね。

(光世) そう。ペテロの手紙だろう。二千年前にも、自由だ、自由だと、勝手なことをいってたのがいたんだろうね。

(綾子) それは、人々が本当の意味の自由を知らないのよね。わたしたちも、自由ということ、知りませんでしたよね。信仰に入るまでは。

(光世) そうだね。「真理は汝らに自由を得させるであろう」と聖書にも書いてある通りだよ。真理を知らない者は自由を知らない。例えば、人間は悪いことをする自由もあるが、悪いことをしない自由もある。殴《なぐ》られて殴り返す自由もあるが、殴り返さぬ自由もある。真に自由な人間は人間としていかにあるべきかを、自由にえらびとれるんだろうが、みんな不自由なんだなあ、我々人間は。

(綾子) そうね、カッとなって殺すというのは自由な人間はしないのよ。あれは不自由な人間だから、カッとなったら、もうどうしようもない。カッとなりっ放し。憎いとなったら憎みっ放し、憎まぬ自由もあるなんてこと、そうそう、みんなわかってませんからね。わかっていても、、とにかく、本来が不自由だから、憎くてとうとう殺しちゃったということになってしまうんじゃない？

それでいて、何をしようと俺の自由だなんて思ってしまうほど自由じゃないのよねえ、いつも言っていることだけれど、セックスの奴隷《どれい》になっていて、セックスにふりまわされているくせに、フリーセックスだなんて、奴隷というのは自由がきかないのよ。恋のとりこも、とりこですからね。捕虜でしょう、とりこって。だから不自由なの。

人のご主人も奥さんも見境なく好きになっちゃって、もうどうしようもない。どうしようもない不自由さね。

ああ、あの人は好きだと思っても、じっと耐えて、顔にも出さないなんていう恋は、もう今の世にはないのかしら。

あ、ごめんなさい。いま、どうして殺人が多いかっていうお話をしていたんだったわね。

（光世）ああ、でも、別に本題から離れてはいないよ。人間のその不自由さ、自由のなさが、人を犯罪にぐいぐい引きずって行くわけだからね。

（綾子）そうねえ。自由だと思っている、自由のなさが恐ろしいわねえ。ね、光世さん、わたし思うんですけれど、現代はむやみと赤ちゃん殺しが多いでしょう？昔は継子《ままこ》いじめみたいなケースがあったけれど、近頃はそうじゃない。

（光世）全くだね、わが子を高速道路に置きざりにしたり、泣く子を畳に叩きつけて殺したりというニュースが、悲しいことに珍しくなくなったね。

（綾子）わたしは、これは日本のモラルの低さ、国が、命を大事にしていないことの現れだと思うのよ。日本は堕胎《だたい》天国でしょう？「日本に行って堕して来よう」と言われてるというんですからね。

　堕胎というのは、本来は許さるべきことじゃないでしょう？　一カ月であろうと二カ月であろうと命は命よ。そのまま無事なら十カ月後にはオギャアッと生まれてくる命を、自分の勝手な都合で殺していいはずはないのよ。

　それが、今の世では、こんなことという人間は、話のわからぬ人間になっている。これが話のわからぬ人間ならわからないと思われてもいい。這《は》って逃げることもできない命を、いきなりメスで切りきざむことが、そんなに話のわかることなのかって腹が立つわよ。

　三カ月、五カ月の命は殺してもいい。十カ月からは殺しては駄目なんて、一体どこのどいつが、何の権利があって決めたのよ。

自分勝手に遊んだ果てに、今生むのは都合が悪いからはないでしょう？　堕胎が許されているから……もちろん無条件で許されているわけじゃないけれど、実態は無条件許可と同じでしょう。

だから、五カ月で殺して平気な人間は十カ月も一年の命も、次第に似たものとなってきて、小さい子の命は軽視されてしまう。ねえ、そうじゃない？

(光世) むずかしい問題だな。昔から間引きとか、恐ろしいことが行われてきたわけだからねえ。今にはじまったことでもないのかもしれない。それに、誰も石を打てないかも知れないしねえ。もちろん、だからいいということじゃないね。小さい命をつかみ取ることから、次第に多くの命を殺すことへと発展することは確かだろうな。

ただ、人間の命って、いつはじまって、いつ終わるのかな。心臓移植に絡《から》んで、死ぬ時のほうはだいぶ騒がれたが……。

(綾子) 受胎したら命が芽生えたわけでしょう？　わたしは、その時から、人の子として扱うべきだと思うのよ。一カ月や二カ月はまだ卵みたいなものだ、人間じゃないよという気持ちが恐ろしいんじゃないかしら。だって、まさしく、それは人の子としての命なんですもの。

（光世）それはそうなんだが、それ以前の問題としてね、卵も命のうちじゃないかと思ったり、まあそうでないとして、命を生み出すことを避けることも、半殺しの罪くらいになりゃしないかと思ったりするわけなんだ。

（綾子）それはちょっと考え過ぎのように、わたしは思うのよ。受精しない卵子は、命だとは思わないわ。受精しない限り、卵子は卵子であって、赤ちゃんになりようがないじゃないの。卵子も精子も、それ自体では命じゃないわよ。命だったとしたら、毎月排卵していることは殺人ということになるの？　それ、おかしいわよ。光世さんて、時々、こんな面白いことをいうのよ。

（光世）仮説っていうのは、綾子、本来妙なものだよ。それはともかく綾子のいうことはわかるよ。当然一線《いっせん》は劃《かく》されるだろう。そして命の場合はまあ、綾子のいうとおりなんだろうね。ただね、何というかな、一線を劃するっていうのも、これまたむずかしいことでね。すれすれの所というか、その線上にあるものを、どちらにするか、これはいろんな場合に、むずかしいんだよ。

（綾子）それで？

（光世）うん。堕胎の問題に限っては、確かに、まっぱじめに綾子が結論を出したとおりなんだが、避妊については、綾子は答えていないだろう。それと、一線を引いた、自分たちはその線の外に遠くいるということで、たやすく断罪してしまう危険だ。これも大きな問題じゃないのかな。簡単に石を打てないということをさっきいったが、キリストが、引き出された姦淫《かんいん》の女を前に、腰を屈《かが》めて字を書き、

「あなたがたのうちで、罪のないものがまず石を投げつけるとよい」

と、取り囲む人々にいった。あの状況を、今ここでも考え合わせないわけにはいかないんじゃないかということだ。

（綾子）ねえ、光世さん、わたしは断罪だなんて、そんな恐ろしいことをいってるつもりじゃないの。子供を殺す親が多くなったのは、堕胎を許している社会に問題があるんじゃないかというつもりなのよ。おなかの中の子でも殺してはいけないという意見を述べているのよ。悪いことは悪いと言ってもいいと思うの。無論、これは、自分をも含めて、この小さな命を奪うそれが悪いことなんだとわか

らなければ、本当の意味の人間の生命を尊重するということも、それは、わたしは空論だと思うの。

「子供をおろしたあの人が悪い！」と、誰か個人を指さして言っていることじゃないのよ。戦争は悪い！　というのと、同じことよ、わたしの気持ち。

特に、わたしたちは、拙《つたな》い文でも、とにかくものを書かせていただいている。そのわたしが、一番心がけなきゃならないのは、弱い立場の人に代わっていうことでしょう。一番弱い無力な立場といえば第一に、おなかの中の赤ちゃんよ。おなかの子は、もし口があれば何というかと思っているのよ、わたしは。

（光世）そうであれば結構だ。わたしも殊更《ことさら》に問題をずらそうとしたり、すりかえようとしたわけじゃない。医学的にも、妊娠中絶の恐ろしさをよく聞くし、現実にその結果大変なことになったケースも見ているし……。それから、生まれるという言葉は、受身であって、能動態がないということも、何か考えさせられると思うよ。自分の意志でなくて生まれて来た人間が、簡単に命を奪う権利は確かにないだろう。命への畏敬《いけい》は、いくら持ってもこれでいいということはないだろう。

―― 綾子さんご自身は受胎の経験がおありでしょうか。どうも立ち入った質問で失礼なのですが。

（綾子）いいえ、ちっとも悪くなどないのよ。わたしは、受胎したことは一度もないんです。生理は二十八日目毎《ごと》に判で押したように、この年まで、ほとんど狂わないところを見ると受胎能力は、あったと思うんですけれどね。父方も母方も多産系で、わたし自身十人きょうだいの一人ですから、わたしも多産の方だとは思うんですけれどね。

―― それでは……？

（綾子）あの……それはね、わたくしが三十七歳、三浦が三十五歳の時に結婚しましたでしょう。わたくしは二十三歳から十三年間、カリエスと肺結核で療養していまして。それで、三浦はとっても、いたわってくれましてね、結婚した夜でも、キスもしないで「おやすみなさい」といったくらい、意志が強いのね。

ええと、あれ、あの歌何だったかしら、光世さん。

（光世）ああ、あれか。アララギの土屋文明選歌に採られた歌だね。

この弱き妻が子を背負ふと思ふだに哀れにて子を願ふ心になれず

（綾子）ね、これが、この人の気持ちなの。それは、いくら、わたしが弱かったにせよ、光世さんはまだ三十五歳だったのよ。四十八歳の今日まで、光世さんは非常に意志的でしてね。器具や薬はただの一度もつかわないんです。ただ、もう、ひたすら、彼の意志力ですよ。ま、荻野式避妊を、守ったわけなんですけれど……。

（光世）荻野式も無用の時もあったし、精子が自分にあるのかどうかも、わからない。知らしむべからずですね、これじゃ。まあ早くに結婚したら、もう子供の六、七人もいたかも知れないね。あるいは中絶を何度かやって、綾子を殺してしまっていたかも知れないし……。遅くてよかったんですよね、わたしたちは。

ただ、これはたまたまわたしたちが、体が弱かったということで、自慢にも何にもならないですよ。三十五と三十七で結婚して、結婚してからも、しょっちゅう病気して。綾子ははじめ、五町とよく歩かなかったし。わたしは盲腸手遅れで死ぬ目にあったり、肺炎で何カ月も寝こんだり、意志力なんていうもんじゃないんですよ。偶発的にそういう結果になったということですね。

確かに、綾子の体は妊娠したら、危険でしょう。腹膜炎をしたことがあるから、帝王切開も困難だし……。そうだね、綾子。

それでですよ、さっきもちょっといいかけたんだけど、自分たちがそうだと、どうしてもその尺度で人を見たくなるでしょう。どうしてあんなに早く結婚するのかなあと思ったり、どうしてそんなに性生活が、大きくウエイトを占めなければならないかと思ったりですね。人間って、どこまでいっても、自分を中心として、考えたり思ったりしますからね。もちろん、この頃の雑誌に出ているように、人間はただもう肉体だけみたいにあおり立てるのは、おかしいと思いますよ。いや、これはわたしたちだけがいってるんじゃないんです。ファンレターなんか見ても、そういう考えでいたために、ひどいことになった、痛い目にあったという声が、実に多いんですよね。

——例えば……。

（光世）一々例を上げると、きりのないくらい多いんですがねえ、そうですね、例えば、簡単に体を許し合うことなんですよ。その結果性病になっただの、決まっていた結婚が破れただの、どうしたらいいかといってくるんですよ。

（綾子）それが毎日何通もよね。

（光世）そうなんですよ。体を簡単に許して、はじめて大変な壁に打ちあたって、結局困るのは本人たちが第一で、周囲も迷惑する。徹底的に奔放《ほんぽう》にはやはり生きられないいんじゃないですか。しかも、この悩みは、女性だけでなくて、若い男性からも訴えてきます。

（綾子）これは、どうしてこうなったのかわからないんですけれど、結婚にしても、男と女は、夫と妻は何によって結ばれるかということが、明確じゃないような気がしてならないんです。

　この間、わたしたちの教会の牧師さんがおっしゃってましたけれどね、ある人が結婚披露宴の祝辞で、「体が第一です。体を大事にしてください」と言っていたが、これが、人生の先輩として、後輩に送る祝辞では、ちと、物足らんのじゃないかって。

　わたしも、本当だなあと思いましたよ。そりゃあ、健康であることは大事ですけれどね、「病める時も健《すこ》やかなる時も、汝妻《なんじ》を愛するか、夫を愛するか」とキリスト教の結婚式ではいいますわね。ここに、健康不健全を超えた問題の把握があるでしょう。男と女は愛で結ばれるわけでしょう。

これがキチッとわかっていたら、結婚生活だって、何も性生活ばかりを特に重要視しなくたっていいと思うのよね。

(光世) 本当の意味で人間の結びつきがわかれば、性生活もまた本当の意味で尊重されるのだろうね。今のような、乱れたあり方はとにかく感心しない。男は女の求めているものが何か、どうやら、誤解しているらしいからね。

(綾子) そうよ。女性は男の心がほしい。男性のやさしい言葉がほしい。わたしの友人や教え子たちでも、そう言っていますけれど、一日に一度、もし、夫に「君はめんこいね」と言われたら、天にものぼる心地だって。妻をちゃんと人格として認めてくれていたら、たいていの女性はそれでもう、ゆったり落ちついていられますね。男の人は、ばかばかしくて、そんなこと言われるかって、照れるかも知れないけれど……。

性、性って、どの本を開いても少し書きすぎているみたい。この間送ってきた子供の本に絵入りで性生活の説明がしてあって、びっくりしましたね。光世さん、性教育ってどう思って?

（光世）必要なし、といったら極論だろうが、そう書いてた人もいたね。自然に覚えるから、そんなに教えこむ必要はないっていうわけだよ。全くそのとおりとは思わないけれど、詰めこみすぎていることは事実じゃないかな。だから消化不良を起こしている。それも、いま話したように、人間をもう肉体だけのものとして捉えているとしか考えられない行き方で、性教育を早々とやってくれる。なぜあんなに急ぐのか、わからない。まさか、性の分野でも天才教育を施そうというわけじゃないんだろうがねえ。（笑）

（綾子）性のことを教えるといっても、教え方の問題じゃないかしら。一年生の子供に数を教えるのに、一、二、三、というような教え方はしないわね。みかんが一つ、二つ、紙が二枚、三枚、鉛筆が五本、六本というように、具体的に、ケースバイケースで教えるでしょう？

性のことだって同じじゃないかしら。どんなふうに教えているか、詳しくはわからないけれど、わたしなら、第一に、自分を生んでくれた父と母とを尊敬するところから、入って行きたいわ。

次に、きょうだいへの愛、教師、友人に対する愛情、そうした人間関係の在り方を、ふまえておかなければいけないと思うのよ。

（光世）そうだね。そうした人間の関係が正常であることは、性への歪《ゆが》みを少なくするだろうね。

（綾子）そうだと思うの。聖書には、「愛はいらだたない。不作法をしない、自分の利益を求めない。すべてを忍び、すべてを耐える」ということが書いてあるけれど、これは、性生活に大事なことでしょう？

人間を愛することから学ばずに、いきなり性器の図解をしたり、赤ちゃんはどうやって生まれるかを教えるなんて、そんな性教育はまあ、やってはいないと思いますけれどね。性のことは、わたし、やっぱり清らかに扱ってほしいの。興味本位じゃなくてね。

（光世）未知の世界には、人間誰しも興味がある。としても、物事には順序がある。その教え方に興味本位が多く感じられるのは、わたしたちが古いからかな。

（綾子）そうじゃないと思うわ。

（光世）古いと決めつけられると、すぐあわてる親もいるのかも知れないが、あわてる必要はないと思う。まあ、わたしなど知らなすぎて、余計な心配をしたこともあるが……。無知も一つの罪ともいわれているからね。

（綾子）それは、知るべきことを知るべき時に知らないということでしょ。あるいは、何度も教えられながら、怠慢で知ろうとしなかったという場合ね、それは責任は問われるわ。でも、あなたが女性の毎月の生理に対する誤った考え、あれは無知というより、少しこっけいね。

（光世）うん、そうかも知れない。

――何のことですか。

（綾子）あのね、光世さんは、結婚するまで、女の人の生理って、排尿のように、一時的に排出されると思っていたのよ。何日も生理の日がつづくことに、驚いて……。

（光世）全くお恥ずかしい話ですが、国語辞典を見て、友だちとね、ああ、毎月定期的に出る出血か、ああそうかといった程度の理解で、それ以上深く考えなかったわけですよ。子供など、そうじゃないですか。そんなにしつこく聞きませんよね。いや、うちの子はちがうって方もあるでしょうが、まあ一般的にいって、子供はそんなに根ほり葉ほり聞かないですよね。成長するにつれて段々と深く学んでいく。だから、成長に比例して、慎重に教えるべきことを教える。特に、命の尊厳と共に教える。これが大事でしょうね。

（綾子）わたし、いま旧約聖書入門を柄《がら》にもなく書いているんですけど、エデンの園には実を取ってはならぬ木があったんですね。いわゆる禁断の木の実。一本は知恵の実。一本は生命の実。このうちの知恵の実が、魅力的でサタンに誘われて食べてしまって、人類の悲劇のもとになったというんですけれど、これはずいぶん深い意味があると思うの。

（光世）確かに意味深い話だよね、あれは。一見好ましく見えるものに、我々人間は飛びつくからね。

（綾子）そうよ。あの知恵の実なんだけど、神の言葉に従わずに人間は取ってしまった。時がきたら、神はそれを取って与えたんじゃないかなんて考えるんだけど、とにかく先取りしちゃった。あの話が直接、人間の性をいっているとは思えないけれど、何となく現代の性教育のあり方を見ていると、無理に時の熟さないうちに、子供に取って与えるみたいな気がするのよね。

子供のこづかいだって、四歳の子に千円やったり、六年生に一万円やったりするのは不健康でしょう。食べ物も、ミルク、離乳食、子供食、そしてだんだん大人に近づいて行くわねえ。

性教育は、これらのことより複雑よ。「愛のおのずからなるまで醒《さ》ます勿《なか》れ」という聖書の言葉のある通り、本当に異性を愛する感情を知らぬ者には、慎重でなければ。知ったことの弊害《へいがい》と、知らぬことの弊害のどちらが多いのかしらね。

青春と結婚までの中で

青春と結婚までの中で

共に病弱者として
聖書の男女観・結婚観
結婚の条件と資格は何か

――お二人の交際の在《あ》り方を、お伺いしたいのですが……。

(光世) すでに綾子が書いてますがねえ。どんなふうに話したらいいですか……。在り方といわれるとちょっと改まってしまうんですが、綾子が病気でずーっと寝ていたでしょう。だから、外を歩きまわることもできず、いつも聖書を読んだり、讃美歌を歌ったり、祈り合ったり、およそ聞いても面白くないんじゃないでしょうか。

(綾子) 聞いて、面白くないかも知れませんけれど、わたしは幸せでしたよ。

十八の時だったでしょうか。「愛染《あいぜん》かつら」という映画がヒットしましてね。看護婦の田中絹代と医師の上原謙の大悲恋の映画でね。田中絹代が病気になって、入院していると、上原謙がそれを伝え聞いて見舞いに来るんです。そして、そっと、田中絹代の手を握るんですけれど、それを見ていて、わたしは、あんなふうに見舞ってもらえるのなら、わたしも病気になりたいって思ったものなんです。

ところが、三浦の見舞いは、最初、勿論握手なんかしない。それでも幸せでしたよ。わたしは、当時恋人の前川正さんを失って、がっくり来ていたわけですけれど。

讃美歌を歌ってくれたり、ええ、三浦は上手なんです。わたし、三浦の歌うのを、今でもうっとり聞く、夫ノロですけれど、それから聖書を読んでくれたり、短歌の話をしたり、そういう交際が結婚まで、四年つづいたんです。

（光世）大体、週に一度だったね。綾子を見舞うだけで、二人で連れ立って歩くことがなかったわけですから、わたしたちの場合、散歩もできなかったし、喫茶店にも行けなかったわけですよ。

（綾子）その代わり、手紙を書きましたよ。

（光世）そうそう、綾子は手紙をよくくれたね。出張から帰ってくると「お帰りなさい」なんて冒頭に書いてあって、いや出張先にもよくくれた。

（綾子）短歌を贈り合ったりね。光世さんのあの歌よかったわ。

君を想ふ夕べ悲しくて袖に来し白き蛾を鉢の菊に移しぬ

というの。今は、手紙を書く恋人たちが少なくなったそうね。

——電話で用事が足りてしまうのでしょうけど、味気《あじけ》がありませんね。

（綾子）本当ね、味気がないわ。白い便箋《びんせん》を開いて、まず、相手のために祈り、その便箋に、読んだ本の感想や、一日のできごとなどを書きつらねていくことの喜びって、青春時代になくてはならぬ一こまに思えてならないんですけれどね。

離れていて、愛する人にものをいう切なさ、そんな切なさというのを、人間、やっぱり知っていていいと思うの。

（光世）そうだね。まどろっこしい話かも知れないんですが、そういうしみじみとした交際って、いいですよ。今もあるかも知れないけれど……。忙しいんだろうねえ、この頃は。いやわたしたちだって、戦後もずいぶんたって交際したわけだよね。昭和三十四年の結婚だから。それに、わたし自身は忙しかったしねえ、勤務が。

そういえば、夜九時、十時頃になって退庁して、その頃は営林署の会計係をしていたわけだけれど、帰る途中綾子の家の前を通ると、綾子の病室になっている離れが、小路の間にわずかに見える。その時灯りが見えると、ああ、まだ起きているな、手紙を書いていてくれているかも知れない、とそんなことを思ったり、真っ暗になっていると、今日は具合が悪くて、早く消灯したのかなと思ったり、そんな切なる思いを何度したことか、今は語り草だけれど、何ともいえない気持ちだったねえ。

何せ、なおるのか、なおらないのか、生きるのか、死ぬのか、予断を許さなかったからねえ綾子は。

あの窓を眺めて、夜遅く家に帰って行く気持ち、単に病人と病弱者といったものじゃなかったと思うね。切実だった。絶えず死を目前にしなければならない厳しさとでもいうのかな、これは人間みな同じだろうけれど、……そんなわけで、至るところで綾子のためには祈ったものだったね。もとより、綾子の家の前を朝に夕に通る時は、必ず神に祈りながら通っていたよ。

（綾子）そんなふうにいつも祈られていたということ、しかも、ギプスに臥《ね》たっきりの病人のわたしを何年も、文字どおり脇目もふらずに待っていて結婚してくれたということね。これが自分の身に起きた結婚なのだということ、わたしは今でも感動してるんです。

よく、人間は、背中にお辞儀される人間にならなくちゃいけないといいますよね。前からなら誰だって、少々いやな人間にだって、お辞儀はします。わたしは光世さんには、後ろからもお辞儀したくなる。本当にありがたいと思うんです。

（光世）いや、前からだけで充分だよ。後ろからお辞儀されたら、こちらもうしろにまわらねばならない。（笑）

（綾子）ねえ、話はちょっともどるかも知れないんですけれど、今、恋人同士の手紙のことといいましたでしょう？　わたしね。愛を醸《かも》すということ、非常に大事だと思うんです。

現代に、この醸すという言葉、まだ生きてるでしょうか。醸すためには、時間が要りますよね。会ってすぐ好きになった、手を握った、キスをした、赤ちゃんができちゃったみたいなのは、スピードとスリルはあるけれど、醸すということがないでしょう？

握手するまで半年、キスをするまで、そのあと一年、婚前交渉なんてないぐらいの、ゆっくり時間をかけた恋愛って、すばらしい愛が醸し出されると思うのよ。
(光世) ちょっと、それは無理だろうね、現代では。
(綾子) 皆が皆無理でもないでしょうけれど。ああ、そう、そう、あのねえ、わたしたち手紙のあとに聖句を贈り合ったんですよ。「一日の苦労は一日にて足れり」とか「神は愛なり」とか、相手の状態によって、聖書の言葉を選ぶんですよ。

又は、コリント第一の十六の二十を贈りますとか、テモテ第二の四の二十一を贈りますなんてね。どんな聖句かと思って、胸をわくわくして、聖書をあけると、
「聖い接吻をもって、挨拶をかわしなさい」

なんていう聖句で、ドキンとしたり、
「冬になる前に急いできてほしい」

などという聖句で、これは、早く来てねなんていう心を聖句にたくしているの

ね。ちょっと、これは邪道のようだけれど、こんなしゃれた聖書のつかい方も、たまには、神さま許してくださると思ってね。

（光世）そんなふうだから、婚前交渉なんて全然なかった。初めからあり得べからざることと思っていたし。

（綾子）光世さんは、夫婦の性生活そのものにも罪意識を感じていたのよね。結婚前は。

（光世）そのとおり。人間の悲劇は女性にありと思ってたわけですよ。よく酒と女に身をほろぼして……というでしょう。新約聖書を見ますとね、パウロもいっているとおり、男より女が先に堕落している。女がいなければよかったんだと本気で思いましてね。

（綾子）ずいぶんいびつだったわけねえ。

（光世）まあね。聖書では結婚についていろいろ書いてあって、一応知識としては整理されたんだが、心情的にはなかなか、納得《なっとく》いかなかった。聖書のマタイ伝十九章には、イエス・キリストが直接教えていますが、「神は創造のはじめから男と女とに人間をつくられた。だから親をはなれて結婚して、一体となるのである。もうそれは一体であって、二人ではない。だから人がそれを引き離してはいけない」って書いてあるんですよ。

人が引き離してはいけないというのは、離婚するなということですね。この問題は後で話し合うことになると思いますが、とにかく男と女という両性は人間がある限りつづくのですから、尊重し合わなければならないということですよ。

そのほか、使徒パウロが、かなり結婚生活の現実について、信徒たちの質問に答を書き送っているんです。

コリント第一の手紙の七章なんですが、ここでパウロは多分夫婦生活における性のあり方を問われて書いたと思うんですが、いやそうじゃないかも知れないんですが、「男子は婦人にふれないがよい」というんですね。しかしその後にすぐ、「不品行におちいることのないために、男子はそれぞれ自分の妻を持ち、婦人もそれぞれ自分《ぶん》の夫を持つがよい」とすすめているんですね。そして更に、「夫は妻にその分を果たし、妻も同様に夫にその分を果たしなさい」というわけです。

さっき、受胎云々《うんぬん》の話が出ましたが、あまりその分を果たしてない夫であるかも知れないね、わたしは。

(綾子) 分というのは、何も性的なことだけのことじゃないでしょう。あなたは、いつも分をつくしすぎるくらいつくしてくれているわよ。

(光世) ありがとう。ところで、パウロは「妻は自分のからだを自由にすることはできない。それができるのは夫である。夫も同様に自分のからだを自由にすることはできない。それができるのは妻である。互いに拒んではいけない」といっているのは、やはり体のことだろう。

(綾子) そうでしょうね、多分。でも、夫の分をつくすとか、妻の分をつくすというのは、貞節であるとか、愛するとか、責任ある夫婦として行動をとることでしょう? その点、あなたは立派よ。まさに、世界一ですよ。

(光世) 綾子は、わたし一人しか知らないものですからね。いつも世界一だと言うんですよ。

(綾子) どこの奥さんも、たいてい夫は一人よ。わたしはね、夫婦は惜しみなく惚《ほ》れることだと思うのよ。気前よく惚れるの、ケチらないで。夫の声も話し方も、後ろ姿も、世界一、スリッパの脱ぎすてた形も、夫が脱ぎすてた形なら世界一、そう思いつづけて一生を終わりたいと思うわ。

（光世）参るなあ、綾子には。

（綾子）でもねえ、この女は自分がいなければ一日も生きていけやしないと、男の人が思うほどの惚れっぷりって、わたしは大事だと思うの。単なるテクニックじゃなくて、本質的に。本当に生きていく上に必要な相手のはずなんですもの。

（光世）それはそうだね。

（綾子）光世さんは朝起きてから、夜寝るまでの間に、三十回はメンコイメンコイってわたしのことを言ってくれるじゃないの。すわっている後ろ姿を見て、足のうらがチョコンと見えるのがメンコイとか、着ぶくれた肩のあたりが子熊のようにメンコイとか、とにかく、実感をこめて、「メンコイなあ」といってくださるじゃないの。すばらしい「分」のつくし方よ。


　女って、肉体的な愛撫より、精神的な愛撫が好きよ。わたしは、何の映画だったかで、恋人同士がガラス越しにキスをするシーンね、よかったと思うわ。あれは女性好みねえ。わたしも、握手を、十歩ほど離れてするの、好きだった。空中の握手ね。直接に相手に触れるよりも、もっと想像力が豊かに働くのよね。単なる官能的なむさぼりより、ずっと感情が豊かになるわ。

(光世) 綾子はストイックな男性が好きだからね。

(綾子) そう、自分に打ち克《か》つ男って美しいわ。わたしは異性として惹《ひ》かれそうな人とは、握手はできないわ、今でも。と、いっても、わたしは夫婦の性生活を罪悪視はしないわよ。本来無邪気な、愛らしい行動なのだと思っているわ。

(光世) 綾子は、よくいうね、夫婦でも寝床を汚してはいけないって。

(綾子) それはですね、ちょっと説明しないとわかりにくいと思うんですけど、夫婦の間に、みだらということはないなどといわれていますけれど、わたしはそうは思わないんです。本来、わたしは、多分に官能的な娼婦的な女だと思うんですけれどね。でも、夫婦が、相手を単なる情欲の対象にしてはいけないって思っているんです。

これは、心情の問題なんですよ。心情的に、性生活の上でも、清潔な夫婦と、清潔じゃない夫婦があると思うんですけれど、おわかりになります？　寝床を汚すなっていうことわかりますかしら。貪りすぎないほうが美味《おい》しいのよ、食べ物でも、何でも。

(光世) それはそのとおりだ。食い過ぎては、すぐ胃腸薬を飲む人がいるが、あれは悪いそうだねえ。

(綾子) 読書でも、碁でも、淫《いん》する人がある……。

(光世) 淫するねえ、ちょっと痛いね。わたしも将棋に淫したほうだから。まあ、おかげで女の人への関心が少なくてすんだけれど……。

　その性生活の罪悪感のことだが、これはやはりずいぶん昔から人間についてまわっているんだろうね、多かれ少なかれね。だから、パウロも聖書の中で、「結婚しても罪を犯すのではない」といっているんだろうね。

(綾子) その理屈がわかっていて、光世さんはなかなか承服できなかったのね。結婚生活が。

(光世) ああ、でも、綾子の歌で女性観が変わったんだね。ありがたいことに。あの綾子の挽歌、あれは全くありがたかった。事実ということの重みかなあ。その歌というのは、綾子が前川正さんの死を悼《いた》んだ歌の中の一つなんですが、綾子がこれを『道ありき』にも引用してありますがね。わたしは、これは絶唱だと思うんです……。

妻の如く想ふと吾を抱きくれし君よ君よ還り来よ天《てん》の国《こ》より

この歌を見せられた時、頭を一撃されたような気がしたんですよ。痛切というか、哀切というか、こうなると善いとか悪いとかを超えた美、いや美という語感じゃぴったりこない。美をふくんだ真実というか、感動そのものだと思うんです。何か命の火が凝縮されているような……あまり説明しちゃっては、かえっていけないんでしょうが。この歌を見てからですよ。男女の愛の美しさを知ったのは。

(綾子) そこが光世さんの偉さだと、わたしは思うのよ。わたしが、恋人の死を悼んで歌った歌に感動して、女性観が変わった。これは他の男の人なら、そうはいかないような気がするの。そして、わたしと正さんの恋愛に打たれて、結婚後十三年のいまだに打たれっ放し。

光世さんは前川正さんのようにわたしを愛したいって、その頃から、彼の写真を背広の内ポケットに持ち歩いていて……。そういう光世さんのおおらかな気持ちって、わたし、男らしいと思うんです。

(光世) いや、おおらかでも、男らしくもないがねえ。ああ、そうか。ほめられたことに対して、一々日本人は否定するがこれは失礼にあたるそうだね。すなおに「ありがとう」というほうがいいんだそうだね。まあ、お礼をいっておくことにしようか。

（綾子）わたしの死んだ夢を見たのは、あの歌を見たあとだったの？

（光世）うん、あれは多分だいぶあとだったと思うよ。

――綾子さんの夢をよく見られたわけですね。

（光世）その頃、よく綾子の夢を見たんです。それが、病気がなおった夢を見たり、死にかけている夢を見たり、いうも悲しい話でした。そして、とうとうある朝、ありありと綾子が死んだ夢を見ましてねえ。ショックでした。

それから一時間、神にすがりつく思いで祈ったんです。寝床の上にひれ伏しましてね。あんなに一つのことで祈ったことはないんです。彼女に自分の命をやってもいいから、なおしてほしいと祈りました。命をやってもという祈りは、綾子を見舞いに行った時、何度目だったでしょうか、声に出して祈ったこともあったんですが、……その夢を見た朝は、全く切実でした。何とかして、命をとりとめたい、とりとめてほしい、そういう思いで涙ながらに祈ったんです。そのうちに、直感というんでしょうか。「愛するか」という言葉が心にひらめいて、ぐっと返事のつまる思いがしたんです。

かつてわたしは、兄からこんなことをいわれたことがあるんですが……。

「お前は愛のない奴だ。愛のわからない奴だ。せめて恋愛でも、愛ということがわかれば……」ってですね。

全くそのとおり、非情でした。どうもキザな感じに聞こえると思うんですが……。

それで、改めて自分の愛のなさが顧みられましてね。「愛なる神よ、愛をください」って祈りましたよ。「彼女を愛さなければならないのであれば、その愛をいただきたい」ってですよ。「愛は求む」ということになりますか。まあ、神にお手数を煩《わずら》わしたわけですが、その時からですね。結婚を決意したのは。

(綾子)それでね、光世さんはよくいうんです。人はよく恋愛結婚ですか、見合い結婚ですかなどとたずねるが、自分のは、恋愛でも見合いでもない。愛結婚だとね。

この人が結婚したいと言った時、わたしはギプスに臥たっきりでしょう? 一時の同情じゃないかという不安もあって断りました。

ところが、彼はあなたと結婚しなければ、自分も一生独身でいるというんですよね。わたしは、会ってから四年経《た》ってようやくなおって結婚しましたけれど、なおらなかったら、今でもこの人は待っていたのじゃないかって、わたしは思っています。

――勿論《もちろん》ご主人には縁談も、おありになったわけでしょう。

(光世)ええ、ありました。課長が同じ課の女の子を世話すると言ったり、他にもいくつか……。

(綾子)ラブレターも来ていましたよね。でも、この人、はっきりと「待っている人がいますので」と断ってくれましてね。このはっきりと断るところが、なかなかできないでしょう。たいていは。

第一、わたしは寝たっきりですからね、三浦には恋人がいるように見えやしない。だまって、ラブレターをくれた人とデートしても、わたしは寝ているから、わかりっこない。

それなのに三浦は、みんな断ってくれましてね。三浦は当時バイクに乗って通勤していたんですけれど、職場の女の子にバイクに乗せてといわれても、絶対乗せなかったそうですよ。

とにかく、わたしと握手したのが、女性と握手したはじめなんですから、いつも国宝的存在っていっていっているんです、わたくし。

―― なるほど、そのようにして、約束どおり、綾子さんの全快を待って結婚なさったわけですね。

（綾子）そうなんです。わたしはもう、三十七歳になっていました。その間、ただ漫然と待っていたのではないんです。他の女性に一度も心を移すこともなく、いつも見舞っては信仰の話をしてくれました。ありがたいことだと思います。

いま、約束どおりって、おっしゃいましたでしょう。大変いいことをおっしゃってくださった。約束を守るということ、これは日本では、あまり重要視していませんね。特に男女間の口約束なんか、非常に軽視していますわね。

それは、約束はしたよ、だけど愛情がなくなったんだ、仕方がないじゃないかって、まるで、「愛情」は錦の御旗《みはた》なんですね。こんなの本当は愛じゃなくて「好き」ぐらいのことなんですけれど。

(光世)そうだね。日本では契約の思想がまだ根づいていないのかも知れないね。主体性の確立などと一時よくいわれたけど。キリスト教では結婚の契約の思想を大事にしていますがね。他の経典にも、それはあるのかも知れないが……。

――契約結婚ですか。

(光世)契約結婚といえるかもしれませんが、しかし契約結婚といっても、日本の週刊誌などに取り上げられている、あの二年契約とか三年契約の結婚とは、大ちがいですよ。一生を共にする契約ですよ。契約、つまり、ちぎりですね。一生のちぎり、この、契約をキリスト教では重んずるんです。

(綾子)その契約で、わたしよく、思い出すんですけれど。わたしが旭川啓明小学校の教師をしていた時なんです。ちょうど一年生を受け持っていました。

ある日の休み時間、みんな運動場に出て行きましたけれど、一人、Mという男の子だけは、自分の席でもじもじしているんですね。

クラスで成績もトップ、人柄もよくて、みんなに愛されていた男の子なんです。

「Mちゃん、どうしたの」

って聞いたら、思いきったように、わたしのそばに来ましてね、まっ赤になって、

「あのう、先生、ぼく、大きくなったら、先生をぼくのお嫁さんに、もらいに来るからね。どこにも行かないで、待っていてくれるかい」

ってね。わたしは、彼の手をとって、

「待っていますよ」

って言ったんです。

「ほんとうかい」

「ほんとうですよ」

こんなやりとりをして、頭を撫でてやったら、もうそれは、得意満面。手をこう、肩の高さまで振って、にこにこして出て行きました。

(光世)で、彼もらいに来たの。

(綾子)来やしませんよ。こちらも来るわけがないと知っていて、待っていると言ったものですもの。いってみれば、子供というのは、まだ人格が確立していない。だから、責任のとれる言動はできないわけでしょう? しかし、子供のその時の気持ちとしては本気ですよ。本気だからといって、

「子供のくせに、そんなことを言ってはいけない」

とか、

「十何年もあとのことだから、約束できません」

なんていう教師はいませんよね。

まあ、それは、ともかく、子供は人格が確立していないから、結婚の約束なんて、できませんよね。子供とは、あした、動物園に行こうとか、次の日曜日、海に行こうとかいう約束ぐらいでしょう？　でも、よく考えると、成年になった男女でも、この子供の結婚の約束みたいに、責任が持てない例が案外多いのね。契約の思想がないのよ。人格が確立していないこと、子供なみ。アメリカ人に、日本人の精神年齢、十二歳といわれたこと、必ずしも全面的に承服はしないけれど、考えさせられるのよ、わたし。

(光世)もっともキリスト教国といわれるアメリカも、どこまで契約を守ってるかとなると怪しいがね。離婚も多いし。キリスト教の場合、前にも言ったように、

「健《すこや》かなる時も、病める時も、汝妻を愛するか、夫を愛するか」

と問われて、神と人の前に、

「はい、愛します」

と、約束するわけだが、キリスト教でなくても、神仏の前に約束をする。その約束をどれだけ、責任を感じて受け取るかだろうね。

（綾子）いやになったから別れる、性格が合わないから別れるじゃ、十三歳なのよね。

結婚の約束したけれど、あれはあの時の感情でというのは、一年生のMちゃんと同じ程度なのね。約束を守りぬくという覚悟も決意もなく、へらへらと口約束したり、結婚したりじゃ、はた迷惑な話ですよね。わたしだって、若い頃は、同時に二人の人と婚約したひどい女ですから、大きな口はきけないんです。本当は。

（光世）人間は簡単に大人にはなれないのだろう。これはしかし何も日本人ばかりじゃない。また、現代の特徴ばかりでもないようだよ。たしかに約束を破る破り方というか、別れ方が非常に安易に、荒っぽくさえなってきているようだね。

さっきマタイ伝十九章のキリストの言葉を少し引用したが、キリストと弟子たちとでは、結婚の考え方に大したひらきがあっておもしろいね。

「不品行以外の理由で自分の妻を出して、他の女をめとるのは、姦淫《かんいん》を行うのである」

とキリストは弟子たちにいわれた。そうしたら、

「そんなことなら、結婚しないほうがましだ」

と弟子たちは答えているね。弟子たちも男として、だいぶ勝手な考えを持っていたことがわかる。無情なものだよ。

キリストは、神が男女両性につくられた、その両性が結ばれるのは、神の合わせられたことだから、人は離すなといわれる。結婚は神の意志によるものであり、よるべきであり、およそ人間的な勝手さで、引き離してはならないということなのだろう。が、当時……いやそれ以前から離縁状を渡せばとか何とかいって、現実には許容されていた。確かに、交通事故のように、どうにも避けられない離婚はあるし、原則論ばかりもいっていられないんだが……。

とにかく、三千年も四千年も前と同じで、人間は精神的にはほとんど進歩していない。科学的には進歩したかに見えてもね。

（綾子）そういえば、そうね。今にはじまったことではないのね。でも、契約の意識をはっきり認識してかからなければいけないでしょ。結婚って、やはり重大なことだもの。適当にというわけにはいかないのだもの。ちょっと山に登るんで

も、甘くみたら大変な結果を招いて、命さえなくすわね。まして、人生の重大事ですもの、よほど深く踏まえる必要があると思うわ。

(光世) うん、深く踏まえる必要がある。さっきもいったとおり、あまりに傷ついている人が多いし。痛みということを、甘くみちゃいけないね。傷を負ってから、どんなにその傷の原因や状態について説明されても、追いつかないんだよね。説明は即効的な解決にはならないからね。

(綾子) 考えてみると、わたしたち十三年仲よくこれたのは、契約の思想がはっきりしているからではないのよね。光世さんが、品行方正だったからなのよ。もし、光世さんが浮気でもしたら、わたし、一度でパッと飛び出したかも知れないわ。

(光世) いや、意外とものわかりのいいところを見せるんじゃないか。綾子は情が深いから。

(綾子) どういたしまして。ふだん何かわかっているようなことを、口では言っても、ぐさりと光世さんを刺すかも知れないわよ。

(光世) そうなったら大変だね。しかし人間だから、お互い明日のことはわからない。

いつだったっけ、「三浦綾子の私生活」という週刊誌の見出しを、広告で見て、本屋にすっとんで行ったという編集者の方がいたよね。

（綾子）そうね、あれはもう五年も前かしら。

――私生活？　そんな記事を書きたてられたんですか。

（綾子）ええ、でもね、私生活というと、何かスキャンダルめくでしょう。そうじゃなくて聖書を読むとか、祈るとかいう毎日の平凡な家庭生活のことだったの。「なあんだ」って、その人あとでいっていました。

（光世）ところで、いまの結婚の契約の思想だがね。日本も戦前は、嫁に行ったら、二度と帰ってくるな、死んでも帰るなと親がいったものだがね。

（綾子）それが今では、いやになったら、いつでも帰っておいでと親がいうんですってね。

（光世）話じゃないのか。それにしても悲しい話だねえ。しかし、戦前の、死んでも帰るなという教えも、契約の思想というのとは、ちがっていたようだね。むかしの封建制の名残ということになるのかな。

（綾子）そうね。家と家の結婚が多かったわけでしょう？　だからそうぽかぽか帰って来られては困る……。特に家名を重んずる家などは。

（光世）そうした考えが、一般庶民の家庭にも「死んでも帰るな」という考え方を及ぼしたことは否めないかも知れないね。人間の一生かけての約束だからということとは、ちがうんだろうね。

（綾子）そうね、わたしもそう思うわ。それとはちがうけれど、日本にも約束を重んずるところもあったわね、「武士に二言はない」というような。でも、結婚が、男と女の大事な約束ごとだというふうには考えてはいなかったわね。でも、自分に娘がいたら、わたしも殴ったり浮気したり怠け者の男なら帰っておいでって言いたくなりそうね。だから、結婚するまでは相当期間つきあうことは必要ね。結婚を失敗しないためにも。

——とにかく、ご主人は、堅く約束を守って、綾子さんの全快を待ち、結婚なされたわけですが、病弱ということに不安は持たれませんでしたか。

（光世）不安はありました。海のものとも山のものともわからない状態でしたから。それにわたし自身、腎結核で右腎を摘出《てきしゅつ》した体でしょう。しかも戦後は残った一つも悪くなって、末期症状だったんです。綾子を訪ねた頃はよくなっていました。マイシンが奇蹟的に効いて。それでも弱いということには変わりはないんです。相当の激務にも耐えるようにはなっていましたが、いつまた再発するかわからない。力仕事はできない。家庭を持つとなると、いろんな心配がつきまとうに決まっているでしょう。

また聖書の言葉を引用しますとね。

「あなたがたは結婚しないほうがいい。苦しみにあうから。苦しみにあわせるにしのびない」

ってあるわけです。

(綾子) とうとう苦しみにあわせることになってしまってごめんなさい。(笑) そのパウロの言葉も聖書の言葉だけれど、でも、力になった言葉をたくさん、手紙にも書いていただいたわね。

(光世) もちろんね。聖書の約束……さっきだいぶ約束ということを繰り返したんですが、旧約といい、新約といい、契約の約、約束の約なんですよ。大ざっぱにいって、神と人の約束の書物と、聖書を定義することもできるわけですね。人間のほうではそれを認めなかったり、忘れたり、背いたりですが、少しでも確認する限り、神のほうで履行《りこう》してくださるんですね、本当に。

キリストは「すべて重荷を負うて苦しんでいる者は、わたしにいらっしゃい。わたしが休ませてあげよう」といっていらっしゃる。全くそのとおりですよ。

この間、ある雑誌社の方が訪ねてこられて、この言葉を電車の中で見たが、確かに、普通の人間ではいえない言葉だっていうんです。別にその方、信者でもなんでもないんですが……。

どうも話がそれてすみません。その、結婚への不安ですが、力づけられた聖句といいますと、たくさんあります。

「明日のことを思い煩《わずら》うな」

「あくせくするな、また気をつかうな」

「主の山に備えあり」

「すべての心労を神に委ねよ、神が心配してくださるから」

「望むべくもあらぬ時に、尚《なお》望んだ……」

とか、これらは単なる格言でなくて、神がその言葉の責任をとってくださるということなんです。神の真実を信ずる限り。

（綾子）初めて光世さんが訪ねてくださった時に読んでくれた聖句もいいわね。それと、色紙に書いてくださったヘブル人への手紙の中の一節とか……。

（光世）そうそう。初めて綾子を訪ねた時に、どこか好きな聖句を読んでほしいといわれて読んだ言葉ね。ヨハネによる福音書《ふくいんしょ》十四章の、「あなたがたは心を騒がせないがよい。神を信じ、またわたしを信じなさい」

というキリストの言葉。それから色紙に書いて綾子に贈ったのは、

「信仰とは望んでいる事がらを確信し、まだ見ていない事実を確認することである」

というヘブル書の中の一節。

とにかく、神が必ずよいように備えてくださるという信頼ですね。これだけが頼みの綱でした。

家の者も私たちのことについては、心配したようですね。病人と聞いただけでも辛《つら》かったでしょう。わたしの病気で、兄も母もずいぶんひどい目にあっていましたから。昭和二十二年頃から五年ほどは、本当に家人に厄介《やっかい》になりました。腎結核が末期的症状になりますと、横になって眠ることができないんです。横にな

ると膀胱《ぼうこう》、というより会陰部《えいんぶ》の鈍痛……時には激痛で横になれない。それで正座して……正座がもっとも痛みを少なくします。冬など、寒いんですが、ふとんをかぶって床の上に正座して眠る。座眠ですね。それでぐっすり一晩眠れるかというと、そうはいかないんです。

一晩に八回も十回も尿意を催す。排尿しようとすると、出ない。出ないから止めると痛む。それは何とも意地の悪いものです。いいようもない焦燥を起こさせるんですよ。やっと出る、その時がまた尿道が痛いこと。

(綾子) 釘ぬきでねじあげられるようなとか、そんな形容をなさったことがあったわね。

(光世) うん、そうなんです。尿道の奥のあたりを、釘ぬきでしめあげられ、ねじあげられる痛さを何十回、何百回となく経験しました。ちょうどストレプトマイシンがヤミで入手できる頃になっていましてね、兄が何とか買ってやりたいと思ったらしいんですが、とても高くて手が出ない。医師も、もう少しお待ちなさい。痛い時は温湿布《おんしっぷ》で痛みを和らげるように、ということで、母が夜中に何度起こされたことでしょうか。

（綾子）お母さんも本当に大変だったわね。

（光世）全くね。その他、栄養品だ、何だと、全く申し訳ないことでした。幸い、三、四年たって、マイシンに保険がきくようになって、遂にその注射をしてもらって、それがまた実に、特効薬の名のとおり、みるみる効きました。あんなに効く薬というのもないですね。

しかし、これはどうも腎結核患者に同じように効くかというと、そうでもないんです。腎結核や膀胱結核には、むしろ効かないとされていますね。ですから、今でも腎臓摘出手術が行われています。

わたしの場合は、見事に、奇蹟的に効きました。先ほどの話ではないですが、母や兄の祈りもあったのでしょうね。

まあ、そんなわけで、母も兄も病人にはうんざりだったと思います。

――お家の方への結婚の意思表示は、どんなふうになさいました？

（光世）それがちょっとおもしろいんですよ。わたしは綾子の死んだ夢を見たと申しましたでしょう。ところが、嫂《あによめ》がわたしの結婚する夢を見たんです。夢みたいな話……いや、夢を見た話ばかりで、ちょっと妙な話ですが事実なんです。あ

る日嫂が、

「光世さんが結婚する夢を見たわ」

ってていうんですね。それがチャンスで、

「そうなるかも知れない」と答えましてね。

いつも手紙が綾子からたくさん来ていましたから、

「ああ、やっぱりあの人？」

ということになって……。

（綾子）それからでしょう、お母さんやお兄さんが現実に心配なさったのは。

（光世）そういうことだね。

（綾子）でも、お兄さんが、好きな者なら、三日結婚して死んでも本望だろうって、いってくださって……それからお手伝いのことまで心配してくださったり。お母さんも、縁談を別に持ってこられた方に、既に本人の決めている人がいるからって、はっきりいってくださったり、本当にありがたいことだったと思うんです。

だから、毎年結婚記念日には、二人で挨拶に行くわねえ。

（光世）二人で月に二回は母のところに行きますね。特に結婚記念日とか、母の誕生日には、忘れずに、綾子が「さあ行きましょう」と誘ってくれます。

（綾子）せめて、そのぐらいのことをしなければねえ……とにかく、三浦の母にも、兄夫婦にも信仰があったということ、ありがたいことだと思っているわ。もし、わたしの弟が十三年も肺結核とカリエスで臥《ね》ている年上の人と結婚するといい出したら、わたしは反対するのじゃないかと思いますとね、本当にありがたいんです。


――結婚して家事はどうなさいましたか。

（綾子）たった一間《ひとま》の家ですから、掃除も簡単ですし、もう炊飯器や洗濯機のある時代でしたので、自分で炊事も洗濯もいたしましたよ。それでも、三浦の妹や、信仰の友が入れ代わり立ち代わり、手伝いに来てくださって……。

信仰というのは、本当に自分をむなしくして、幼子のようになっていなければいけませんね。もし信仰がないとこんな弱い人間だから、自分の力では何もできないと、はじめから絶望したり、こんな体では幸せな結婚は無理だろうとか、ひとり決めてしまって。

でも、あるか無きかの信仰でも、信仰があれば、私たちにはできないことも、神がゆるしてくださるのなら、神が力を与えてくださるということで、呑気《のんき》なんですね。悲愴感がない。

（光世）そこが人間の知恵だけではないものを、背後に感ずるということでしょうね。

「人にはできないことも、神にはできる」というこの聖句、綾子が好きなんです。これは、結婚の時に栞《しおり》にして、友人たちに配った聖句です。

（綾子）おかげさまで、周囲の人の祈りに支えられて、十三年間、何とか仲よくやってくることができました。

——お話を伺っていますと、結婚の相手を選ぶ一般の人々の条件に、何か、疑問を感じてきますね。

（綾子）ええ、そうかも知れませんね。光世さんの選んだ私ぐらい、結婚の相手として、条件の揃っていない女はないわけでしょう？

どこの世界に、ギプスベッドに臥たっきりの、もう三十いくつも過ぎた、長わずらいの女を選ぶ男性がいるでしょう。

評論家の加藤諦三さんがいつかおっしゃってましたけれど、配偶者を選ぶのに、大学出で、月給何万、背は高く、係累の少ない、親と別居のできる相手、などと条件を並べる女性がいるが、これは非常に不遜《ふそん》だ。人生は、それだけの条件が揃えば、それで苦しみも悲しみも乗りこえて行けるような、そんな甘いものじゃないって、おっしゃってるんです。わたし、感銘しました。全くの話、学歴と高給とスタイルぐらいで、この人生を乗りこえて行けやしませんよね。

ひどい人は、笑った口もとがすてきだの、横顔がイカスだの、足の長いのがぐっと来るだのといって、好きになったり、結婚したり。笑った口もとや、足が長いぐらいで、人生の辛苦を乗りこえられやしませんよ。全くの話。

（光世）「なくてならぬものはただ一つである」と聖書にも書いてありますね。月給が安くても、体が弱くても、この「なくてならぬもの」があれば、生きて行けるのじゃないですか。

配偶者を選ぶ基準に何を置くか、ここを誤ったら大変ですよ。月給が高くても、その会社が傾くことがある。健康でも、いつ交通事故にあうか、重い病気にかかるかわからない。

言ってみれば、これら、ぐらりとくずれそうなものに人間って、頼っているんですね。安心しきってね。

（綾子）本当ねえ。でも、わたしよく思うのよ。光世さんは、わたくしと結婚しても、いわゆる得になることは何ひとつなかったでしょう。体は弱いし、お荷物なだけよねえ。

　ところが、前にも言ったように光世さんには、若い健康な女性からラブレターは来ていたし、縁談もあった。何か、こう憧れられていたりしていたのに、その人たちをきっぱり断ってくださったということね。

　わたしはすごく、光世さんの誠実さと男らしさを感ずるのよ。

（光世）そういってもらうと、ありがたいけれども……。ハッキリ断らないために、女の人を傷つける例は多いね。ずいぶん見てきて、考えさせられたからね。ハッキリ断るべき時に断らないと、ああこんなにもつれたり、こんがらがるんだなあって。誠実であったかどうかはとにかく、悲劇に突き落としてはいけないということは身に沁みて感じていたとはいえる。

（綾子）本当にありがたいと思うわ。なにしろ三浦は前にも言ったとおりわたしと握手したのが、生まれてはじめて女性と握手したんだそうですからね。三十過ぎまで、女性の手を握らなかった。このことだって、もう、ああ、なんと勿体《もったい》ない人と、わたしは結婚したんでしょう。そのわたしと来たら、病弱で、二つ年上で過去に恋人はいろいろいて……。

（光世）人間をそんなに手放しでほめるもんじゃないよ、綾子。まあ、いいタカラモノぐらいに受けとってはおくが……。誰かいってただろう。死んでからほめてくれって。人間って、恐ろしい者だからね、そう調子のいいことばかりいえないんだ。明日何が突発するか、予測できないのが人間なんだから……。人間を安易にほめることは、人間性を甘く見ることでもあるんじゃないかな。

（綾子）でも、およそ称讃に価することは注目しなさいって聖書はいってるでしょう。わたし、すこし惚れっぽいかも知れないけど、どんな人のことでも、いいところは素直にほめたいし、認めたいのよ。よく、絶対に人をほめない人がいるわね。人をほめることには絶対同調しない、共感を示さない人ね。あの人の言葉は何ともいえない魅力があるわねって、例えばうわさをするでしょう。すると、言葉はよくても、それほど心がいいわけじゃないのよ、とか何とかいって、決して美点を認めようとしない人っているわね。特に女の人に多いでしょう。いや、案外男にもいるかも知れないわね。とにかく敬うべきところを敬うっていうのは、結婚生活にも大事じゃないかしら。

(光世) それはまあそうだが……

(綾子) いつか随筆にも書いたけれど、旦那さんの唄でもギターでも、日曜大工でも決してほめてやらない奥さんって、わたしにはわからないのよ。少々ほめるに価しなくても、いいと思うところは、じゃんじゃんほめたらいいと思うの。

(光世) 確かにほめられて悪い気はしないし、能力が引き出されることはあるね。

(綾子) そりゃあ、中には、ほめられることを茶化したり、馬鹿にしているとしか取らない人も、この世にはいるかも知れないけれど……わたしたち日本人は、その点もっと率直にほめ、率直にそれを受けとめるようにしたらいいと思うの。そしたら家庭なども、もっともっと楽しくなるんじゃないかしら。

(光世) そうだ、そのとおりだね。率直にほめることと、陰口を言わないこと、これは日本の家庭には少ないね。外国の家庭をよく見たわけじゃないが……。

(綾子) ほんとうね。わたし、自慢話になるようで、申し訳ないんですけれど、実は自慢話のつもりで言うんじゃないのよ。わたくしたち結婚して十三年経《た》ったでしょう？

わたくしの母が何年もすぐ隣にいたし、今も同じ町内にいるわけだけれど、わたくしは母に三浦や三浦の母やきょうだいの陰口は針の先ほども言ったことがないのよね。これは無論、言うことのない夫や姑《しゅうとめ》を与えられたということですけれどね。その点非常に感謝していますけれどね。

ただ、わたしは結婚するということは、もう自分の親から、はっきり精神的にも経済的にも独立することだという、覚悟というかしら、決意というかしら、それを持たなくては、大人といえないんじゃないかというふうに考えたいのよ。

（光世）わたしも同じだね。自分で選んだ相手は、自分の責任だからね。誰かに愚痴《ぐち》るなんて、冴《さ》えない話だからねえ。

――いま、綾子さんが、精神的にも経済的にも独立することが結婚だとおっしゃいましたが、なかなか厳しい言葉ですね。現実の問題といいますか、この頃のあり方といいますか、それらと照らし合わせて、もう少し展開してほしいのですが、まず精神的な独立について話していただけませんか。

（光世）精神的な独立と、経済的な独立と、二つに劃然《かくぜん》と区分できない場合もあるでしょうが、綾子の日頃よくいうことを代弁するとしますとね、結婚してからの二人の問題を、いつまでも親兄弟に持ちこむようでは、精神的に独立できていないということなんです。例えば、妻が夫への不満などを、実家の母に一々いって、うさを晴らすといったことなど、その一つでしょう。

それに、あまりに若いうちに結婚する、あるいは結婚の日が待てなくて、体を求めるとか、肉体的な問題も絡《から》んでいますね。とにかく、いろいろありますよね。

（綾子）でも、考えてみると、わたくしは確かに、親に愚痴などはいいませんけれど、親の代わりに夫に甘えていますよね。もともと、娘時代から親にいろいろ話をする娘ではなかったんですけれど、とにかく夫という甘える対象があるということを考えますと、果たして大人になったかどうかわかりませんね。

三浦がよく、お前はメンコイ奴だ、よく馴《な》つくっていうんですけれど、わたしは時々、自分の姿が子犬のような気がするんです。ほら、犬は飼い主の顔を見たら、もう、ちぎれるほど尾を振って、どうしてその喜びを現したらよいかわからないみたいに飛びつくでしょう。アレわたくしよね。光世さん。

（光世）うん、幼いといえばいえる。綾子は誰かにも、童女とかいわれたね。童心が豊かだとか、幼いということはよくいわれるよね。わたしも何度もその幼さを歌に詠んでいる。

眉隠るるまでに幼く帽子かむり網走駅にノート取る妻

という歌だったかな。綾子の童女性は、綾子の小説の評でも指摘されたことがあったよね。ということになると、どうなのかな。立派な大人でございとはいえないね。立派に大人になって結婚しましたなんて、尚更《なおさら》いえない。

綾子はよくわたしのことを大人だというが、少しはわたしのほうが大人かな。しかし、それもわからないね。綾子は幼いけれど、同時に強いだろう。無意識のうちに、わたしのほうでもたれかかっていることも多い。いつか……小説を書くようになって、綾子が家をしばらくあけた時ね、勤めに出ていて、何となく頼りない感じがするんだよ。あの感じ、忘れられない。

どうも似た者夫婦で、話にもならないんだが、遅く結婚したこと、体が弱かったということは、どう考えてもよかったと思うね。こんな弱い、しかも子供同士みたいなのが、急いで結婚したら、やはりとんでもない目にあっていただろう。
もっとも、自分たちのことはさておいてね、老婆心としてはいろいろ忠告したいことはあるね。

(綾子) そうね、資格が自分にあるかとなると、誰だって何もいえないわね。でも、こうしたらいいんじゃないのとか、それは危険よ、穴に落ちるわよなどと、いうべき時にいえないとすれば、先輩の……大した先輩でなくても、責任をとらないことになるわね。

それでわたし、ずばりといえば、親に家を建ててもらって結婚するとか、病気でもないのに、結婚してからも親から補助をもらうなんて、とても耐えられない。親から経済的に援助されるというのは、経済的なことだけれど、結局は精神的に独立していないということの、証拠じゃないかしら。

(光世) 聖書には、「親は子のために財を貯えるのであって、子供が親のために貯えることはしない」と使徒パウロが書いてあるんだが、綾子、あれはどうなのかな。

(綾子) そりゃああの場合の子供は、当然ずーっと小さい時の頃のことよ。そこでいう財は学資ぐらいまでは入るかもしれないけれど、大学などね、もう自分で働いて学んだらいいと思うわ、わたしなら。

（光世）もっともだね。大学はぜひ、ある労働の期間を経て、改めて入るか、労働しながら学ぶべきだろうね。どうも、そこらあたりから、大きな問題がありそうだな。

（綾子）そうよ。だから、親のすねをかじって、その上に職につかぬうちに結婚というのは、わたしには到底考えられないわ。

（光世）一定の職を経て、既に経済的にも独立した者が、大学に入ったような場合の結婚ということは考えられるがね。そういう場合なら、かえって精神的にも肉体的にも安定して学べるということもあるだろう。婚前交渉などということは、わたしたちの場合、前にも申し上げたとおり、全く考えられないことでしたが、実際に多いんですかねえ。結婚して、四、五カ月で子供が生まれた話も、そうそう聞きませんしねえ。そうか、子供とは関係ないわけか。

　まあ、どの程度あるかはわからないですが、寄せられてくる手紙では少なくもないようですね。そしてそのことに、みなさん否定的ですね。まちがったことをしたといってくるんですよ。ひどいことになったとか、悩んでいるとか、必ずしも若い女の子だけが、書いてくるわけでもないところを見ると、やはり大きな問題なんですね。

どうも、のんきな表現になってしまって、申しわけないんですが、婚前交渉って一口にいって、男には都合のよいことでしょう。しかも、案外尾を引いてくるということですね。

よく偉い先生方の中には、婚前交渉大いに結構などと、けしかけている方がいらっしゃいますがねえ。どうやってその責任をとるんですか、わからないんですよ、わたしなどには。

（綾子）わたしは、結婚前に三浦に求められたら、三浦を嫌いになったかも知れませんね。よく、どうせ結婚するんだから、婚前でもいいじゃないかという人がいるらしいんですけれど、どうせ結婚するんだから、何もあわてて婚前でなく式後でもいいんじゃないかしら。

どうせ、一生おつきあい願う相手ですからね。愛する人と一体になりたい、が、それをじっと式後まで待つということも楽しいんじゃないかしら。ところが待ったなし、これはどうも楽しい楽しくないより、何か上《うわ》ずっちゃって。急いでいる。

待つという心、ウェイティング・スピリットが、ほしいと思うんです。待つということは、大変大事なことですよね。これは、わたくしにも欠けています。すぐ思ったことを言ったりする。いいことでも、じっくり考えてからやらずに、善は急げになるんです。

（光世）確かに待つということは大事だね。せっかちになると、すぐに絶望だ、希望は失われた、灰色だということになるね。

（綾子）本当ね、絶望だ！　という人は一体どのくらい、その絶望的になった対象と向かい合っていたかと思うのよ。今の社会は絶望だ、神なんかいない、絶望だ。それが若い人だと、何かパッとこの世に飛び出してきて、すぐに絶望だって、十七や八で死んでしまうみたい。

待つって大事よねえ。光世さんなんか、全くの話、寝たっきりの、便器をつかっていて、いつなおるかわからないわたしを、待ちますって、何年も待ってくださった。同じことというみたいですけれど、これは、もう、わたくし絶対感謝しているし、敬服しているんです。待つことの大家《たいか》ね、光世さんは。

（光世）グズなんだよ。まあ、病気で痛い目にあっていると、どうしてもジーッと忍んでいなければならない。なおるのを待っているより仕方がないんだな。だから、望むだけでなく、待ち望むという表現ね、この待ち望むという言葉が聖書には何度も出てくるんだが、あれは苦痛と戦う上にも、自分をコントロールする上にも力になったね。さっき綾子のいったウェイティング・スピリット……こんな言葉英語にあるかどうか知らないが、待つことは結婚でも大事だと思うね。あんまり先取りしてはいけない。未熟な果実をあわてて取るような生き方、これはやめたほうがいい。

(綾子) 待つということは、すごいエネルギーが必要だと思うの。
一体になりたいと思って一体になるエネルギーの何倍もエネルギーを必要とすると思うの、その思いを制するんですから。そうした勁《つよ》さね。その勁さが、長い一生を築くためには、本当に必要だと思うのよ、わたくしは。パッと発散する、行動するということには、それほどの精神力は必要としないわね。わたしは、自分が行動力の少々あるほうだから、切実にそう思うわ。

(光世) 待つ力はどうしたら培《つちか》われるか、それはむずかしいですね。まさか注射でもして、病気にするわけにもいかないでしょうしね。場合によっては、それもいい手になることもあるかも知れませんがね。ある評論家の先生がいってましたよね、病気で十三年ぐらい寝せておいて、雑貨屋でもやらせると、小説の一つも書けるんだって。

病気の効用は、相当考えてもいいんでしょうね。医師という職業など、ぜひ自分も病気をしてみなければいけないということ、いつか、何かで読んで同感だなあって思ったんですが……。

しかし、体験主義ばかりでも限界があるし……。わたしたちはよく、体験や経験……どうちがうのかわからないんですが、体験を重く見すぎてはいけないって、牧師に注意されるんですよ、教会でね。人間の体験は限られているというわけですね。自分の体験からばかり判断すると、視野が狭くなって、誤りも多いということなんですね。それに後ろ向きになりやすい弊害もあるわけでしょう。

体験にもとづく話というのは、具体的ですから、わかりやすいし、ある程度説得力もあることはあるんですが、やはり一つの基準として見るようにということでしょうね、きっと。

要は未来に向かって、どう体験させるか、これですね、むずかしいところは。

野放しでいいのなら、人間に教育はいらない。

(綾子) 力を養うことは、教育もしているわけね。わずかな一言でも、困難や誘惑を克服するのに力になることって、ずいぶんあるもの。あれをするな、これをするなと、禁止するだけでは、待つことも、セーブすることもできないでしょうけれど、こうしたほうがよりよいのだという積極的な姿勢を植えつけることね、これは大事ね。

(光世) それは大事だ。問題はしかし、知識に比例するともいえないだろうしねえ。

(綾子) そうねえ。わたくしの小説『残像』の中でも、ちょっと触れたんですけれど、幼い時、三歳の頃の教育って、大事ですってね。幼い時に、あれがほしいといえばよしよし、これがほしいといえばよしよしと、たやすく望みがかなったら、一体どういうことになるでしょうね。

　あるお母さんがいっていましたけれど、子供が、近所の店で何か見つけて買ってというと、今日は買わない。そして、翌日、再び店の前まで見に連れて行く、その日も買わない、というようにして一週間ただ見せるんですって。そして、どうしても買わなきゃならないものかどうか考えさせるんですって。

（光世）うーん、それは大したことだねえ。

（綾子）ね、ちょっとかわいそうみたいね。でも、結局は買ってあげることもあるわけでしょう。買うにしても、待たせるわけですよね。これは、偉いと思うのよ。とにかく、面倒くさいですからね。一番楽なのは買ってあげることでしょう。この母親のようにして躾《しつ》けられると、子供は待つ力を与えられるわねえ。

（光世）なるほど。これは、しかし、余程その母親が偉くなければならないね。何というかなあ。子供は拒絶されても、そこに冷たさを感じないという暖かさ、包容力というものを持っていなければね。

（綾子）そうね。まあ、子供は誰でも親を信頼しているでしょうけれど、こんな躾け方が成功するためには、底ぬけの信頼と尊敬がなければならないような気がするの。親が子供を本気で尊重しているということね。そしてそれが順直にというか、子供の直感でピッと伝わりますよね。

　よく、子供には勝てないわ、泣かれたら、やっぱり買ってしまうという母親がいるのね。で、わたし、いつもいうの。何言ってんの、どうして大人が、子供に負けるのよって。これ、わたしに子供がいないからと言われるでしょうけれどね。

でも、子供がいないから親の負ける心理もわかるわけね。負けなくていいところで負けている。

そこには、情愛で、はじめから自分から負けてやりたい気持ちが働いていたり、店先で泣かれては、体裁が悪いとか、子供に喜ばれたいとか、面倒だとかね、いろいろあるんじゃない。

でも、この母親のように、じっと、待つことを教えられる人もいるのよね。

（光世）どうも、自分に子供がいないと、大きなことを言えないがなあ。

（綾子）それはそうよ。子供って、親の、あの親馬鹿といわれる愛があって育つところもあるんですもの。わたしなんか、子供がいたら、きっと、べたべたよ。若い頃、よく、あんたはわたしは子供好きだから、子供が生まれないって言われたぐらいでしょう。今でも、わたしは子供と仲良くなるのが、とても早いもの。

でも、「情愛の深い母親を持つほど、悪い結果をもたらすことはない」という、あのサマセット・モームの言葉ね、この言葉が、はっとわかる母親がどのくらいいるかということも、やはり、考えてしまうわね。

（光世）ああ、兄が言っていたね。わたしの兄は造園師で、菊作りの講師などもするんですがね、この間言っていました。挿《さ》し木《き》に水を充分にやった場合、その木は根を張らないそうですね。不足目に、水をやると、早くに根を張って、自分の根で水を求めて育つそうですね。

人間の場合も、同じなんでしょうね。四十にも五十にもなっても、子供のような大人がいるわけですね。いつも誰かが傍で支えていてやらなければならない。

（綾子）本当ね。その反対に小さい時から、自分でがまんをすることを知っていたら、その人間は、待つことを知る人間になると思うの。根って、若い時に早く張ったほうがいいんですってね。根が張っていると、ぐんぐん養分を吸い上げる。でも根がしょぼしょぼしか張っていないと、すぐ枯れてしまう。

ですから、べたべたの親の情愛、無思慮の情愛は、……つまり、今いうところの過保護、盲愛は、いけないわけですよね。

（光世）そういう親の話ね、まあわたしたちは感心して聞くわけだが、感心しただけではなかなか自分のものにならないだろう。感心しなければ尚更だが、感心したとしてもだよ。それを学びとる力……というと初めの所に戻ってしまうんだが、要するに相当の時間がかかるんじゃないのかな。よく、人は一代ではできないというようにね。親父教育ということが、ひと頃いわれたけれど、父母教育からはじめないと……いや、それじゃ遅いのか、その父母の小さい時からか、どうも鶏が先か、卵が先かみたいで、こんがらがってきたね。

(綾子) 鶏からと卵からと、両方からはじめることよね。そうしたら、それこそ一挙両得でしょう。(笑)

(光世) なあるほど、いいアイデアだ。しかしねえ、学ぶということは確かに、知識の積み重ねでもあるし、知識の積み重ね自体にも、それなりの忍耐をしてやっているわけなんだろうが、それじゃ高等教育を受けている者が、物事をじっくり待てるかというと、そうもいかないわけだろう。

(綾子) 学校では育てられないものがあるのよ。たとえ、東大程度の大学を三つ出ても、「待つ」ということすら学べない人がいるんじゃないかしら。

「待つ」人は絶望しない。つまり希望を持つわけよね。やけのやんぱちにならない。これはもう、魂の問題でしょう?

(光世) うん、魂の問題を教えている大学はないだろうね。神学校でもない限り。

(綾子) 神学校だって、魂の問題を教え得るとは思えないわ。これは単に数学や国語のように学べばわかるというわけではないし、また体育のように鍛錬によって、上手になるというのともちがうでしょう。

牧師がよくおっしゃる「覚醒《かくせい》」なのよね。これは、魂の問題よ。ハッと目からうろこが落ちて、というようなことは、教えて教えられるものじゃないわ。

(光世) 全くだね。聖書にもあるとおり、後のカラスが先になるということだね。これはやっぱり父母の生き方とか祈りによって、家庭の中でまず培《つちか》われなくてはならないということか。

しかしね、子供って教えられたことは、かなり受けとめるよね。素直にね。わたしは少し勝負事、へボ碁やへボ将棋をやるわけだが、大人はいわれたことを忠実に守らないから伸びないんだそうだ。いくら指摘されても悪手を繰り返す。その点、子供というのは悪いといわれると、すぐやめる。だからぐんぐん伸びるという話を聞いたことがあるがね。大人になるほど横着になるのかも知れないね。

そこでね、やはり修身教育ね、あれなどやはり身についているものもあったよね。動物を愛護せよといわれれば、ああそうかと。綾子は小学校の先生をしていたわけだから、いろいろ見てきたと思うんだが……。

（綾子）これね、先生としての経験じゃないの。わたくしの小学校一年生の時ですけれどね、「ヨク学ビヨク遊べ」と修身で習ったの。子供たちが先生と手をつないで輪になって遊んでいた絵があったじゃない。

（光世）ああ、あった、あった。

（綾子）あれを習った時、わたしは「フーン、子供は遊ぶことも一生懸命にしなくちゃいけないのか」と、つくづく感心したことを憶えているの。わたしはよく勉強する子がいい子で、学校に入ったら、もう遊んじゃいけないみたいに考えていたのよね。それで、たいそうショッキングな教えに感じたわけなの。

教えた側ではなく、習った側に立って考えてみると、わたしは国語よりも、修身の時間に情緒というもの、やさしさというものを知ったような気がするのよ。

（光世）なるほどね。

（綾子）例えばね、お房はなさけぶかい子でした。寒さにふるえているかわいそうな人に、着ていた羽織を脱いであげましたなんていうのがあったでしょ。子供のわたしには、もう、その寒さがひしひしと身に感じて、貧しい人もかわいそう、なさけぶかいお房の偉さも胸に迫るというわけで、じーんとくるのよねえ。そのほか、母親を看病しているのをみると、わたしも自分の母が病気でもしているように、こう不安な気持ちになったり、一家の支えになって働く二宮金次郎を見ると、わたしも早く働こうと思ったり、修身の時間って、子供のわたしには、胸をゆさぶることが多かった。でも、あれが、戦争への協力に役立ったことも確かよ。キグチコヘイハ死ンデモラッパヲ口カラハナシマセンデシタで涙が出て涙が出て、ああ、忠義なことよと思った気持ちが政治への批判力まで失わせてしまったもの。

（光世）そこなんだなあ。学校で教えるということの功罪ね。その罪のほうがはるかに大きかった苦い経験があるからねえ。修身数育の復活などは、とても恐ろしくて、できっこはない。……修身教育でさえ、こうなんだから、まして宗教教育など学校ではむずかしい。私立はともかく、公立では絶対できないし、すべきではない。

しかし、教育の土台に宗教をおかねばならないということね、これは踏まえなければならないと思うよ。

（綾子）宗教とは教育の根本ということをね。いつか花園大学の学長の山田無文先生がおっしゃってたことね。宗教とは読んで字の如く、教えのもとということでしょう。あれは一般の人に、宗教心をアッピールするよい言葉ですよね。まあ、宗教は神への道で、神との関係が正されて、はじめて教育も教育となるんでしょう？　とにかく、忘れられないいい言葉ね。

（光世）うん、忘れられない。それで、教育の土台が宗教として、その土台を学校ではどうすることもできないとすると、やっぱり、まどろっこしいようでも、家庭から、それも極めて個人的に学びとるより仕方がないということだろうね。個人的にということは、相当力こぶを入れていっていいと思うよ。企業が、労働者を使うのに都合のいい言葉を持ってきて、宗教を利用するという話などもよく聞くからねえ。

（綾子）まして、国家権力に強制されたり、利用されたりしたら大変ね。

（光世）そうなんだ。それだけは厳戒を要する。ところでね、いきなり宗教というと、みんな敬遠する。あるいは一笑に付されてしまうんだが……。

（綾子）内容が問題なのよね。イワシの頭もという言葉が古くからあるように、一笑に付されるものを、あまりに含み過ぎてきたということじゃないかしら、宗教の教という、その教えにも価しないことが、十ぱひとからげに宗教に入れられてしまって。

（光世）宗教に何を求めるかということにもかかってくるわけだね。いわゆるご利益《りやく》じゃなくて……。

とにかくね、わたしはいつも思うんだけれど、やはり人間は人間の弱さを知ることが大事だし、必要なんじゃないかな。人間が人間の弱さ惨めさを知らないことほど、人間にとって悲劇的なことはないと思うんだけれど、どうだろうね。

（綾子）そうね、弱さを知って、はじめて学んだり、道を求めたり……謙虚さに至るわけですものね。

（光世）もっとも、人間は一代ではできないという反面、一代でも、いや一朝にしてガラガラと崩れ去るから、求めたからといって、すぐにめでたしめでたしとはいかない。全くどうにもならぬ存在でもあるわけだよね。

人間には、人間を本来悪とする性悪説と、本来善しとする性善説があるんだが、全く、自分を見つめていると、悲観もしたくなる。

（綾子）本当ね。

（光世）まあ聖書からいえば、一方的にはいえないことだろうけれどね。初めは性善か、あるいは善も悪もなかったんじゃないのか。ところが、失楽園……神に顔向けがならなくなったあたりから、怪しくなった。とするとね、その両方ということになる。

いや、神に顔を向けられなくなるものを、はじめから、はらんでいたのかな。そうなるとやはり性悪説ということになるし……むずかしいね、その辺の所は。しかし、やはり自由ということの重さかな。人間の自由意志の問題になってくる。

（綾子）そういえば、今年おもしろい話を聞いたわね、牧師さんから。ほら、人間は人を殺したら人殺しといわれる、しかし人を殺したからその人が人殺しになったんじゃないって。本来人殺しだから人を殺すって。ちょっとはどぎついけれど、要するに人を殺す要素をはらんでいるから人を殺すこともするって。共感できるわ。

わたしも人を殺すことができる。誰でも人を殺す可能性を持っているってことね。

（光世）うん、あれも考えさせられたね。人間を外面だけでなく捉える捉え方……というか人間観というか。

　まあ、人間のこの絶望的なる者ということになるが、問題はそこからだ。そこで絶望しないで、上を向いて見ること。人間を越えた力というか、真理というか、それがあるのかないのかということだね。

　わたしたちの家庭でいえば、自分たちは無力だから、絶対者なる神の力、全能者なる神の助けを祈り求めるということになるわけですね。

（綾子）家庭に入る前からのね、結婚生活に入る前にも、持っていた姿勢ね。

（光世）うん、それが気休めでも錯覚でもなく、現実の力となって今日あるということだね、わたしたちにとって。

現実の結婚生活から

現実の結婚生活から

家庭とは何か
対話のある家庭
挨拶の愛のかたち
夫婦間の秘密は許されるか
お互いの意外性をどう見るか

――そうした信仰の上に立ったお二人の、具体的な家庭生活についてお伺いしたいのですが、結婚なさる時、お二人は単に仲のよいだけではない、この世に役立つ家庭を築きたいと願われたと伺いましたが……。

（綾子）そうなんです。もう、気負っちゃって……。（笑）わたしは人間が甘くできていますから、何年もつきあった光世さんを見ていて、二人は結婚したら仲よくいくに決まっているって思ってしまっていたんですね。だから、二人が仲よくするだけの家庭ではなく、この世にいささかでも役に立ちたいなんて、ま、大見得をきって、それを結婚の目的にしたんですけれど。

幸い、光世さんとだから私も仲よくできたわけですけれど、夫婦が仲よく暮らすということだけでも、実はこれは大仕事なんですよね。

でも、二人で力を合わせて、何とか隣人の役に立とうとしたことが、二人を仲よくさせたのだともいえると思うんです。結婚前はお互いを見つめ合っていた。でも結婚後は二人で他の人々を見つめるという姿勢、これはいいと思うのよ。

（光世）わたしは、綾子ほどに意識して、人の役に立ちたいと思っていたか、どうか、その辺少し弱いんですが、菅原豊という方……わたしたちが文通し、知り合うきっかけを作ってくださった方なんですが、この方から、

「家庭も教会でなければならない」

といわれたことが、かなり二人の姿勢に影響していると思うんです。

（綾子）そうね、「家庭も教会である」ということ、わたしの『この土の器をも』に詳しく書いていますけれどね。とにかく気負ってはみたものの、大したことは

できやしませんよ。ただ、キリスト教のパンフレットを毎日友人の誰彼に送りました。三浦が出勤したあと、まず、帯封をして、切手を貼って、ポックラポックラ二町ほど先の郵便局のポストに出しに行ったんです。

これが手はじめで、毎月友人たちと集会をしたり、やがて掲示板を立てて、そこに三浦が聖句を書いて……ね。

(光世) うん、模造紙に教会の案内を書いたり、半紙に聖句を書いたりしたね。そして、パンフレットを購入して、その掲示板の箱に入れたり……。

(綾子) そう、どなたでもご自由にお持ちくださいって書いたボール箱に入れておいたんです。それが一日でなくなると、もう嬉しくってね。二人っきりの生活でも、こんなことをしてると楽しいものなんです。何か生活にピンと張りがあって。結局は、人のためになろうなんて不遜な考えを持って、一人自己満足していたかも知れませんけれどね。

(光世) 綾子の小説も結局は、その延長のつもりなんです。お役に立っているか、どうかはともかく。

——それでは、お二人の結婚前の会話と結婚後の会話などは、あまり変わっていらっしゃらないわけですか。

（光世）そうですね、あまりおもろい……失礼しました。根がどこかやくざなんでしょうか、わたしって、時々よくない言葉を使うんですよ。あまり流行語は使いませんが。

そうですね、信仰のこと、短歌のことなど、結婚前によく話し合っていましたが、今も変わりません。聖書のこと、短歌のこと、それに、まあ、やはり家庭を持ったわけですから、事務的なことも入りますがね。もちろん、新聞に出てくるニュースについても話し合います。とり立てて変わっているわけではないと思いますよ、人様と。ただ、話は二人でしていて、今に至るまでおもしろいですね。

ああ、ちょっと思い出しましたが、結婚後一年、二年頃、漢字の書き競《くら》べなどやったことがありました。綾子、あれはおもしろかったね。

（綾子）ほんとうね。あれは楽しかったわ。サンズイの字を、一分間にどれだけ多く書けるか、キヘンの字ならどうかとかってね。キヘンはかなわなかったわね、光世さんに。だって、職業が営林局だから、木の名前を知ってるでしょう。

（光世）しかし、字に関する勝負は、大体わたしが押され気味だった。

(綾子) そうでもないわ。わたし新仮名づかいに弱かったでしょう。それを教えてくださったのが、光世さんよ。今でも教えられたり、直されたりするけど。
(光世) うん、新仮名づかいね。あれは結婚前かも知れないね。口語訳の聖書を見るといいっていいっていったんじゃなかったかな。しかし、圧倒的に読書の量がちがうからね、綾子は。わたしももう少し文学書を読んでおけばよかったと思うよ、全くの話。将棋なんぞばかり指さないで……。
(綾子) わたしたち、朝から晩まで話をしていても飽きないんですけれどね、夫婦なんか、何も話し合わなくても、以心伝心でいいんじゃないかとおっしゃる方もありますね。

でも、その人の奥さんに、お宅では以心伝心ですって、偉いわねえって言いましたら、冗談じゃないわ。いいたいことがのどから溢れているんですけれど、てんでとり合ってくれないのよ。だから、今ではもう諦《あきら》めて、何をいう気もしないだけよって。

ところがご主人のほうは、黙っていても、さっとお茶を持ってきてくれるとかいうことで、大いに満足しているのよね。

でもね、わたしに言わせると、黙っていてもお茶を持っていくというのは、別に夫婦でなくても、長いこと一緒に生活していれば、飲む頃あいはわかると思うの。あかの他人のおてつだいさんでもね。

その人の奥さんは死にたいほど淋しい思いでいたり、不満を持っているのに、ご主人は満足しているって、何かわたしには残酷に思えますよ。

（光世）いや、待てよ綾子。わたしたちは青いんじゃないのかな。子供同士みたいなものなんだよ。子供には以心伝心なんていうわけにはいかないだろう。朝から晩までなんにもいわずに、だんまりを決めこんでいるご夫婦……と見えても、それはもうすっかり大人になっているということでもあるんじゃないの。

（綾子）そりゃあ、中にはそういう場合もあるでしょうね。でもね、わたしが今いったのはね、ご主人が奥さんの不満もわからないで、ということは何の話し合いもしないで、黙っているのによくやってくれるなんて、のんきに構えているということの問題性なのよ。朝から晩まで……まあ大体旦那さんは勤めに出るとしても、黙って話し合わない夫婦って、不気味だわ。しかも、片方に不満がある場合など、大変だと思うわ。本当にいわず語らずでわかり合えたら、それはそれでいいでしょうけれど、でも、わたしの見ている範囲でなら、何となく一方が無理をしている感じね。

(光世) そうだね。分類するとなると、どうなるのかな。以心伝心でうまく行ってる夫婦、以心伝心は見せかけだけの夫婦。話し合ってうまく行ってる夫婦。話し合ってもうまく行かない……心の通じ合わない夫婦。その他幾つかに分けられるかも知れないが……。

(綾子) 話し合ってもうまくいかない夫婦というのは、確かにあるわね。話をすればするほどこんがらがって、喧嘩になってしまう。

これは対話じゃなくて、自分の言いたいことだけを言い合うからよね。黙っていても、自分のことばかり考えていては、本当の以心伝心じゃないわね。結婚したら、やはり複数でものごとを考えなければ、心が通じ合わないでしょうね。

夫婦の組み合わせは、一組一組全くちがうわけですからね。ケースバイケースで、なぜこの夫婦は話し合い、かの夫婦は話し合わないかとなると、千差万別で、一概には言えませんわね。

どちらかが、生まれつき無口ということもあるでしょうし、共稼ぎでくたびれていることもあるでしょうし、話をし合えない原因はいろいろありますわね。大家族で夫婦だけの時間を持てないというのは今は少ないでしょうけれど。

問題はやっぱり、結婚前に、お互いがどんな生活をしたかというところにあるでしょうね。デートでも、じっと顔を見合わせて、もっぱらキスしたり抱擁したりの恋人と、一緒に本を読んだり、美術展に行ったりした恋人とは、ちがいますよね。生きる姿勢が問題だと思うの。

（光世）結婚前のねえ。必ずしもそうとばかりはいえないと思うが、確かに生きる姿勢と会話は、密接なかかわりがあるだろうね。

（綾子）もちろん結婚前の話し合いばかりとはいわないけれど、尾を引くことは多いんじゃないかしら。それからね、感覚的なものが中心という夫婦の場合、会話が少ないらしいのね。この間何かで読んだのですけれど、英語を憶えたくて、その国の女と結婚した男の人がいてね。それで、すごく上手になったかと言ったら、英語のほうはさっぱり進みませんでしたって。

夫婦は何も、ものを言わなくても、事足りるってことらしいんですって。笑い話のような本当の話なんですよ。

これは、日本人同士の夫婦にも、何だか当てはまりそうですよね。でも、わたしは、人間が動物とちがうところは、言葉があるということだと思うのよ。

言葉があるということの意味は奥深いと思うのよ。「めし、ねる」ぐらいしか言わないご主人があるって聞きましたけれど、言葉を持っている人間は、もっと人間として大切な話というものがあっていいと、こう、思ってしまうんですよ。

（光世）「はじめに言葉あり」か。

（綾子）そうね。はじめに言葉ありね。

（光世）いう気だね。綾子は勇ましい意味の勇気と、言葉に出していおうとする気とをかけて、ちょっとしたしゃれをいうことがあるが、「言葉に出す勇気」これが案外むずかしい。言葉に出すことは、一つの意識だから、そこには必ずいくらかの勇気を要するわけだよね。

例えば挨拶。これなど、最も簡単なようで、むずかしい。

（綾子）小さな挨拶ができなければ、大きな挨拶はできないっていうわね。挨拶は夫婦間でも大事ね。この頃はどうなんでしょう。夫婦間でお早うや、おやすみの挨拶を交わしているのかしら。

この頃、いわない夫婦が多いらしいのは淋しいことね。照れるのかしら。

(光世) それもあるだろう。日本人は照れることが多いからね。

(綾子) 照れるのは、素直でないといつか聞いたことがあるわね。本で見たのだったかしらね。

(光世) 本だったろうね。いつか綾子がいってたね。挨拶というのは、心をひらいて迫るという意味だとね。心をひらくということだから、むずかしいんだよね。しかし、閉ざしてばかりいたんでは、それこそ話にならない。

(綾子) あのね光世さん、日本語の挨拶には、やはり少し思想性が足らないわね。このこといつも話し合ってるけれど……。

(光世) 日本語以外……いや日本語にも弱いんで、困るんだけれど、たしかに、お早う、おやすみなど、単純化されすぎたのか、省略されすぎたのか、あまりに形式的になってしまっているね。はなはだしいのは「お早う」が「オス」にまでなってしまって。外国語にもこんな例があるのですかねえ。

(綾子) 本当ね。英語のグッドモーニングとか、グッドナイトなどは確かに、相手への思いやりがあるわね。

（光世）やはり挨拶の意味をとり戻さなければいけないんだろうなあ。まあ、「オス」でもなんでも声をかけるだけでもいいんだろうが、やはり言葉をかけることだね。声をかけるだけじゃ、足りない。時には面倒でも、

「きょうは早く起きたようだが、無理をするな」

とか、何秒とかからぬ言葉を、口に出していうことが大事じゃないのかな。挨拶はいわないと気持ちが悪い。いわれないとこれまた気持ちが悪い。しかもね、案外挨拶をおろそかにする人が、あの野郎あいさつもしないで……とか何とかいうんだよ。

（綾子）本当ね。やはり気軽に口をひらくことね。

（光世）綾子はよく挨拶はしてくれる。街路に土下座《どげざ》してでも、挨拶してくれるから、ありがたい。綾子が挨拶しなかったり、わたしに話しかけてくれなかったら、わたしも一日中むっつりしているかも知れない。しかし、綾子は小さい時は、無口だったそうだよね。いつから変わったのかな。

（綾子）そうね、小さい時は無愛想で、ムッツリ右門という綽名《あだな》があったのよ。今も無愛想は変わらないけれど。

(光世) 朗らかになったのは聖書を読むようになってからかねえ。

(綾子) 聖書?

(光世) うん、聖書にはかなり挨拶のことが出てるからね。「自分を愛する者に挨拶しても何の手柄にもならない」とか、たくさんあるよね。

(綾子) さあ、光世さんみたいに、それほどわたし聖書に忠実じゃないから……。そうねえ、わたしこんなにのびのびと物をいうようになったの、やはり光世さんと結婚してからよ。

(光世) わたしは生来短気なんです、こう見えても。小さい時から、すぐ怒るとよく友だちにいわれましてね。ですから、綾子を怒ったことも何回かありますよ。しかし、綾子がすぐ手をついて謝りますからね、喧嘩にならないんですよ。よく、夫婦喧嘩して、三日も四日も口をきかないなんて聞きますけれどね、わたしたちにはまだないんです。「憤ったままで日が暮れるようであってはならない」という聖句は、綾子は天性身についているね。

(綾子) わたしは、すぐケロリンと忘れるでしょう? 三分と黙っていられないのよ。でも、これも、相手が光世さんだからでしょう。女をつくったり、外泊されたら、こう、いつでも機嫌よくはしていられないわよ。

（光世）いや、綾子は情が深いから、何をしてもにこにこしているんじゃないかな。

（綾子）冗談じゃないわよ。そりゃあ、悪女の深情けで光世さんに健康な若いお嫁さんをもらってやりたいなんてふっと思うことはあるわ。でも、光世さんの前にいるから機嫌よくしていられるのよ。まちがわないでよ。

（光世）うん。何もできやしないから心配はいらない。（笑）

（綾子）挨拶のこと、もうちょっと話したいんだけれど、ちょっとした挨拶が、話し合いを回復させることは、よくあるわね。例えばね、「すみません」という言葉ね。

わたし、よく結婚前の娘さんに言うんですけれど、「すみません、ありがとう」の言葉を一生使っても使いきれないほど、たくさん胸にたくわえて結婚しなさいって。

それは着物やドレスを持って行くより、ずっと確実に幸せになることですよって。

（光世）そうだね。「ありがとう」という感謝の思いや、「すみません」と自分の非を認める素直さと謙虚さがあれば、これはもう、家庭円満まちがいなしだ。

(綾子) 本当ね。わたし思うんですけれど、幼い頃のままごと遊びのとき、「お帰りなさい」とか「まあ、よくいらっしゃいました」とか、大人をまねて、よく挨拶していますよね。ままごと夫婦じゃないけれど、あの素直さ、愛らしさで、大人になっても、お互いに挨拶できたら、すてきだと思うんです。

この間、何かの本で読みましたよ。ある欧米のご夫婦の会話なんです。きれいな小鳥の声ねって、妻がいったら、夫が、いやいや、お前の声の方がもっと美しいよって、優しく言ってるんですって。それが、八十か九十にもなる老夫婦ですってよ。

この人たちは、結婚以来、ずっとこういう言葉を言いつづけていたのよね。日本の男性などは、ばかばかしいって笑うかも知れないし、女性だって、うすきみ悪いっていうかも知れませんけれど、わたしは、あながち、これは歯の浮くようなお世辞じゃないとも思うの。

自分の言葉が、自分の思いを引き出すものだと思うの。

(光世) それはそうだ。わたしも毎日メンコイメンコイと綾子にいうが、言えば言うほどかわいくなるからね。

（綾子）ありがとう。わたしも、心から光世さんを尊敬しているけれど、「まあ、すばらしいことを言うわねえ、あなたって」という度《たび》に、その思いを新たにするわ。だから、わたし、女も素直に、一言ずつでも、夫をほめる言葉を毎日言うといいと思うの。次々と尊敬するところが目についてきて、本当にそう思ってしまいますよ。

それが、お互いに無遠慮にアラ探しをして、ずけずけ言っていたら、アラが目につく精神傾向になるんじゃないかしら。

挨拶というのは、愛ですものね。わたしは他人への挨拶よりも、光世さんへの挨拶を一番、きちんとするのよ。これは考えてみると、誰よりも光世さんを愛しているからだと思うの。光世さんに叱られても、ああ、本当ね、本当にいいことを言ってくださったと、こう思っちゃって、「光世さんは本当に適切な忠告をしてくださるわね、ありがとう」と、口に出し、「すみませんでした」って言えるのよね。

わたしは、いつも思うの。人間って、不完全なものでしょう。不完全である限り、忘れたり、失敗したりして、人に迷惑をかけたり、不愉快な思いをかけることがあるのは当然だと思うの。

　だから、失敗したら、せめてすぐ謝らなければ一層不快にさせるのよね。

(光世)そうだね、失敗が悪いのではないね。むしろ、その処理の仕方が問題だろうね。たとえば靴をみがくのを忘れていたとしても、「ごめんなさい、申し訳ありません」と心からいわれると、みがいてある靴をはいて出るより、気持ちがいいことになるからね。

　だから、わたしは、誰にも指一本さされまいとする有能な妻は、むしろ、夫に謝るチャンスを、自分でつくってもいいと思うんだ。その方が家庭の雰囲気はいいよ、きっと。

(綾子)そうね。わたしのように、うっかり屋は、もう少し、心をひきしめなくてはいけないけれど。

　それとね、注意されたり、叱られたりした時ね。たとえ、それが自分の過失でなくて、相手が思いちがいしている時でも、わたしは謝っておいていいと思うの。そんなの、自主性がないとか封建的だとかいう人もあるけれど、必ずしもそうとは思わないわ。むしろ主体性のある人間にはできることだと思うわ。

叱っている時は、気がいらいらしていることが多いでしょう。妻としての思いやりがあるなら、そのいらいらをまず静めてあげるべきだわね。そのためには「ごめんなさい、いつも失敗ばかりして」って、言うのが、妻としての思いやりだと思うのよ。

それを、「何言ってるの、わたしがしたんじゃありませんよ」とか、「思いちがいをしないでよ」なんて言っても駄目ですよね。余計いらいらさせてしまう。

夫婦ですからね、自分が悪くなくても、思いちがいで叱られたっていいんですよ。裁判所や警察で取り調べられるのとはちがうんですからね。夫にしろ妻にしろ、思いやりの故《ゆえ》に謝ることもあっていいんじゃない？

夫婦の場合は特に、悪いことをして謝るのは当たり前、悪くなくても謝っていいとわたしは思うのよ。これは普段の関係がいいと、すんなりとできることだと思うの。こんなぐらいの愛情もなくて、万一夫が苦境に陥った時、共に乗りこえることはできないと思うわ。

（光世）考えてみると、人間の感情って、昔も今も、西も東も変わらないんだね。

そして、平凡なことの繰り返し……しかしこの平凡なことが、やはり貴重なんだね。平凡なことをとか、当たり前のことをそんなに意識しなくてもと、手をぬくとたちまち崩れてしまう。空気を吸って生きてるのは、いうまでもなく当たり前な人間の日常なのだが、これをちょっとでもやめたら生きていけない。やはり平凡な日常が、どんなにすばらしい、かけがえのないものかということ、これを日々再認識する必要があるかも知れないね。

そこに、平凡な中にある驚きの発見があると思うね。惰性《だせい》を脱却することもね。

（綾子）惰性って恐ろしいわね。毎日そう緊張もしていられないけれど、緊張しなくても、やはりちょっとした意識を持てばいいのよね。

（光世）そうだ。意識過剰になることはいらない。それじゃ続かない。人間のすることって、ほんのちょっとした意識というか、心がけで、全くちがった結果になるよね。これは毎日炊く飯でも、掃除でもいえるんじゃないかな。何も芸術的なことや、むずかしい研究を引っぱり出すまでもなく……。

（綾子）そうよ。そうよ。このあいだ聞いたあの話ね、あの人などすばらしいことね。昨日より必ずおいしいご飯を炊いて、ダンナさんに食べさせようという心づかい。

（光世）偉いことだね。そういう心づかいをしていると、それが習慣になれば、決して辛いとか、気重だということはなくなるだろうなあ。恐らく自由な、いや、一つ一つの仕事が、それが例え平凡でも楽しいんじゃないかな。そして、仮にたまにできそこないの飯ができたとしても、そうした失敗以上のプラス何かが、その家庭には必ずあると思うしね。

（綾子）惰性って、本当にこわいわね。いろいろな意味で。これは相当考えてもいい問題ね。何事も惰性でやってると、生きてる張り合いも何もなくなってしまうでしょ。

（光世）そうなんだ。そして惰性に気づかずに、変化を外に求めること、これもまた危ない。惰性で起き、惰性で食い、惰性で働き、惰性で眠る。ちょっと極端かも知れないけれど、これじゃ話し合いも必然的に惰性になる。そして惰性で年とって、惰性で死ぬ。いや、死は決して惰性ではないだろうが……惰性が原因となる死もあるだろうね、やはり。

（綾子）そう考えてくると、そうね、惰性が死をはらんできそうね。少なくとも、夫婦の会話にも、命を失うことは確かね。
(光世) わたしはね、夫婦の話し合いに、それほど知識とか、学問とかが要ると
は思わないんだが、どうだろう。
(綾子) 怠惰《たいだ》や無知は、一つの罪であることは、聖書でも教えられているけれど、
高等な学問や専門的な知識がなくても、話し合えることは確かね。わたし、全然
将棋のこと知らないでしょ。でも、光世さんのする将棋の話って、とってもおも
しろいもの。最も価値の低い駒、フという駒なの?
(光世) そうだ、歩《ふ》だよ、一歩《ぽ》しか前に進めない駒ね。
(綾子) 場合によっては、それがなければ、いくら金銀財宝が山のようにあっても、
敗けてしまうことがあるんですってね。わたし、それだけでも、とてもおもしろ
いと思ったわ。
(光世) まあ、綾子がうんうんいって聞いてくれるから、調子よく話してしまう
んだが、ちょっとしたゲームにも、いくらでも共感はできるということだろうね。
たとえ、相手が知らないことであってもね。……綾子は聞いてくれるね、よく。
(綾子) 今、光世さんが、共感といったけれど、光世さんもよく共感してくれる

わねえ。（司会者に）わたしは、よく、今日は山がきれいだとか夕焼けがきれいよとかいって、三浦を呼ぶんです。すると、三浦は立ってきて一緒に見てくれるんです。

これは嬉しいと思うの。ちょっとちょっと山がきれいよといっても、そんなものを見てるひまがないなんて言われると、ショボンとしますわね。夫婦って、共感し合おうとすることが大事だと思うの。喜びや悲しみを分け合うことが大事だと思うの。それなのに、夫に何か話しかけられても、「忙しいのよ、今」なんて答えたり、妻に「山がきれいだ？　ひま人だよ、お前は」なんて、言ってたら、もう会話なんてできないわね。

誰かの歌にこんな歌があったわ。

庭隅に咲きたる白きばらの色妻に告げんとするにもあらず

白いばらが庭のすみに咲いた。その清純な色に心ひかれながら、しかし妻に告げる気にもならず、一人で見ているというその心境は、何かやりきれない気がするの。

　一言、

「おい白いばらが咲いているぞ」

　と気軽に言えないということ、これ、本当は大きな問題ですよ。

　小さなことを気軽に語り合えなくて、大きな問題は語り合えないわ。

(光世) ほんとうだね。夫婦は毎日が積み重ねだからね。結婚したからって、安心して大あぐらをかいてはいけないね、お互いに。

　やっぱり努力し合わなければね。それを忘れれば、だんだん小さなところから崩れ去ってしまうのだろうな。

　で、結局はセックスという部分的なつながりだけになるということもある。精神的な共感、交わりがだんだん欠落して行くって、恐ろしいなって考えることがあるね。

(綾子) 前にも言ったけれど、結婚生活は毎日が積み重ねだということね。結婚には、休日はないのよね。今日は夫でも妻でもない休日なんてないのよね。

　光世さんは、一日に二、三十回も、わたしをメンコイメンコイと言ってくれる。

こうした心づかいの毎日と、さっきの惰性の毎日では、ずいぶんちがった結婚生活になると思うの。

よく、ほら、いうじゃない？　つり上げた魚にえさはやらないって。わたしたちは、あいにくと魚じゃないのよ。だから、やっぱりえさは必要なの。えさをくれねば、反逆しますよ、他にもらいに行きますよ。

やさしさ、これがえさでしょう？　この夫に天下晴れてやさしくする権利があるのは、妻ですよ。その妻がやさしくしなければ、夫は誰かにやさしくしてもらいに紅灯の巷《ちまた》に出て行くでしょう。妻が権利を放棄《ほうき》して、毎日つんけんしたら、その放棄した権利を誰かに拾われても、文句は言えないと、わたしは思うの。

結婚してまで、そんな努力するのは面倒だと思っては、結婚はできませんよね。わたしたち、「結婚したからって、次の日から夫婦じゃない。一生かかって、本当の夫婦になるんだ」って、牧師に言われましたよね、結婚は「愛を学ぶ学校」よね。

この緊張……というほどの緊張じゃないけれど、そこから安らぎが生まれると思うの。

（光世）さっき、惰性に気づかないことも危ないし、そこで外に変化を求めることも危ないって、言いかけたんだが、生活の変化を外に求めるというか、刺激に求めるということね。夫婦の話し合いにあきたらなくって、極端な所では夫婦交換などに至ってしまうと、話し合いも蜂の頭もなくなってしまうよね。

（綾子）そうね、夫婦交換まで行かなくても、誘惑の多い時代といえるわね。

（光世）娯楽などでも夫婦で、子供も交えて楽しめるといいんだろうねえ。現在は家庭で一緒に楽しんでいるのは、テレビだけなのかなあ。

（綾子）そうでもないんでしょうけれど……。夫は夫、妻は妻、子供は子供と、てんでばらばらみたいなとこはあるようね。わたしやっぱりね、要《かなめ》のところで、夫婦がしっかり結ばれていることが大切だと思うのよ。そうすれば、仕事のこと、趣味のこと、育児のことと、それぞれ異なった分野があっても……あるのが当然なんですけれど、夫婦の対話は失われないと思うのよ。

（光世）その要を何におくかだねえ。二人の思想信条が同じだと一番いいんだろうがね。

（綾子）そうね。わたしたちの場合だとそれが信仰ということになるわけだけど……。でも、すべての夫婦が同じ信仰に立って生きるというのは、まずむずかしいでしょうからねえ。せめて、相手が一番大事にしているものを、お互い尊重するっていうことじゃないかと思うの。

(光世)片方が仕事、片方はコレクションとして、お互いにそれをけなさないことは、基本的に大事だね。しかし、夫の生き甲斐《がい》が女、妻が賭《か》け事《ごと》だったりしたらどうかな。要というのは、肝腎要の要なのだから、やはり何におくかにかかってくるね。

(綾子)そうよね。一人一人の一番大事なものというか、生き甲斐が低ければ、これは「要《かなめ》」とは言えないわね。むしろ「不要」ね。やっぱり、生きる姿勢が大事でしょう。人間ですもの。

ギリシャ語で、人間のこと、アンスローボスっていうんですって。これは「上を向く者」という意味だと聞いた時、わたし、非常に感動したの。二十代の療養中だったの。

人間の意味は、上を向く者、向上する者なんだってこと、身に沁《し》みて感じ入ったのね。聖書にも、あの有名な「吾《われ》山に向いて目を上ぐ」という言葉があるけれど、やはり、酒飲むことが生き甲斐だったり、浮気や、賭け事が生き甲斐では「下を向く者」みたいな気がしてしまうわ。

（光世）つまり一人一人の生きる姿勢だね。しかし、そんなめんどうくさいことを考えちゃいられないと、いわれないかどうか。そんなことを考えてまで話し合う必要はない、そんな能力は我らにはない、と反論されそうな気もするんだが……。

（綾子）めんどうくさがったら、おしまいね、何事も。生きることだってめんどうくさくなっちゃう。わたしにもそういう時があったから、大きなことはいえないけれど……。時々思い出すんですけど敗戦後の一時期、何もかもめんどうになって、とうとう自殺を計ってしまって……。でも、やはり申し訳ないことだったと思うんです。せっかく与えられた命でしょ。あの時あのまま死んでいたら、お役に立つも何もなかったわ。やはり生きていてよかった。人生って、やはりすばらしいもの。

今、光世さん、能力ということをいったわね。人間の能力は、もちろん絶対でも全能でもないけれど、すばらしいことは確かね。

（光世）そうなんだよ。さっき、人間この絶望的なる者といったんだが、しかし、人間の可能性もまた大きいね。一つ一つ数えてみると、全く奇蹟そのもののような気がするよね。目にせよ、口にせよ、耳にせよ、そして言葉を使っているということ、これを当たり前なことだと思ったり、自分には能力がないと思ったりすることは、許されないんだよね。弁解にならない、理由にならない。

（綾子）本当ね。わたしは絶対安静をギプスの中で七年していたでしょ。歩くということも、座って食事するということも、わたしにはできなかったでしょ。だからすばらしく思いましたよ。赤ん坊だってヨチヨチ歩く。わたしは赤ん坊よりも役立たずだって思ったわ。

だから、歩けるようになったら、病人を見舞ったり、老人を見舞ったりしようって、もう、小学校一年生みたいにきまじめに考えたの。

でも、忘れていたのね。今、能力の話が出たので、足や手をはじめ、すべての能力を、清く正しく使わなくてはならないって、思いを新たにしたわ。わたしは、生来、不良っぽくて、不まじめで、怠け者で、自分の能力をフルに使っているということが今まで一度もないの。

特には近頃は、自分はもっとまじめに生きねばと思いを新たにしているの。

（光世）マイナスの体験がやはり大切だということになるね。病気であっていいわけじゃないし、貧しいままで我慢しろといったことじゃ困るけれど……。マイナスの体験によって、目がひらかれることも多いかも知れない。しかし、マイナスがひとつの発見を生むといっても、夫婦間にマイナスの体験は避けるべきだろうね。秘密といったほうがいいかな。

（綾子）例えば、奥さんが、ダンナに内緒で借金するとかいうこと？

（光世）そうだ、それなど文字どおりマイナスだ。

（綾子）それから、ダンナが妻に隠れて愛人をつくるとかね。

（光世）そういう秘密をつくると、どうしても対話が順直にいかなくなるだろう。どこか表情が固くなる……固くならないで、かえって愛想よくなるとも聞くけれど、それは本当の愛想じゃなくて、一つの秘密をいんぺいした裏返しで、そうであってはいけないよね。

（綾子）そうね、よく聞くわね。急にだんなさんがやさしくなったり、物を買ってきてくれるようになったら、外で浮気してることが多いって。

(光世) 何かいい本でも読んで、急に奥さんを大事にするということもあるだろうがね。そういうご主人を、誤解しちゃあ大変だから、こんなことはいわないほうがいいのかな。

(綾子) 一面的に考えなければいいわよ。

(光世) とにかく、秘密ということはその性質上、閉鎖的だから、真の対話は損《そこ》なわれるだろうね。

(綾子) 勝手に秘密をつくるということ、これね、やはりお互いを尊重し合わないところからはじまるんじゃない? ほら、独占の座にあぐらをかくっていうでしょ。結婚生活って、考えてみれば、ずいぶん重いことね。しかも世界中に何十億もいる中から、二人が結婚しているということですものね、結婚って。

(光世) 独占の座ねえ。夫婦だけは、お互いに独占し合うべきなんだろうが、そこで安心してしまうと、これまた当たり前になって、土台がぐらぐらしてくる。始末に悪いものだねえ。あぐらがいけないんだ、あぐらが。女の人のあぐらも時には、かわいいと思うけれど、やはりいけないかな。(笑)

(綾子) 独占という言葉は、ちょっと誤解されそうですけれど、前にいったわね、

「男と女はその父母をはなれて一体となる」って。これは、自由意志によって、相手を選び、そして、一体となったけれど、一体だからって、お互いに自由であることは同じでしょう？　人間としての自由の問題が、ここで、ぐっと高度な意味を持つわけよね。

自分勝手なことをすることが自由ではなくね。人間としていかに生きるべきかの自由ね。つき合いだつき合いだと称して、つき合いにふり廻されるなんて、自由じゃない。妻と仲よくする自由、話し合う自由、楽しくする自由を夫はとりもどす自由があるわけでしょ？

自由については『光あるうちに』に大分書いたから、このあたりでやめておきますけれど……。

（光世）人間として、いかなる自由を選ぶかは、大事だが、これまたむずかしい問題だね。

（綾子）本当にむずかしいわ。このあいだね、親子にしろ、夫婦にしろ、いかなる愛の関係であっても、いつお互いに裏切るか、あるいは裏切られるかわからない存在だっていうことを意識しなくてはいけないって、牧師がおっしゃったわね。

これは、人間の愛が常に変動しやすいという、危機感があるのよね。人間の心の中って、本当にそうした危機を招く、危ないものに満ちているでしょう？　危ないもの同士が、一生一つ屋根の下で暮らして行くっていうんですもの、本当にこわいわよね。

（光世）結婚したら、もう自分のものだと、安心はできないわけだね。男にしても、女にしても。怠け者には結婚できないね。

（綾子）そうね。いつまでも新鮮さを保った楽しい家庭をつくるということになると、これは大変ね。でも、そんな意欲すら早々に消え失せて、まあまあ、これでいいんじゃないの、どうせ俺は下宿人だよ、飯をくわせてもらって、寝せてもらえばいいんだ、何もそれ以上のこと期待しないね、っていう人もあるわけよね。

妻の方にしてもね。ほら、このあいだ、あの奥さんがいらっしゃったでしょう？　男はどうせ浮気するようにできてるんですから、相手が商売女なら、浮気してもかまいませんって。

あんなにあきらめちゃっていいのかしら。

（光世）そういうあきらめは投げ出すことだろう。投げ出していいことはないよね。投げ出すのはやはり、家庭の大切さ、人間の恐ろしさがわからないっていうことじゃないか。人間はお互いに投げ出しては、もう荒れてしまって、手がつけられなくなりますよ。そこに育つ子はいい迷惑ですよ。二人だけにとどまることでなくて、他に影響を及ぼすことでもあるし、人間は社会的な存在ですから。自分の好き勝手でいいじゃないかって、ひらきなおっても、そこからは何も生まれてはこないと思いますよ。

「あなたは初めの愛から離れた」という言葉が聖書にあるんですけれど、大多数の結婚は祝福されてスタートするわけですよね。……前にこのことだいぶ話したわけですが。そして、新婚さん新婚さんと、旅行していてもその初々《ういうい》しさに微笑を向けられる。これもありがたい話のはずなんですよねえ。簡単にほうり出せることじゃない。よくよくのことがない限りね。

（綾子）桜の花のようにパッと咲いて、パッと散るようじゃいけないのよね。継続することね。初めの愛を……。

（光世）今年わが家へ泊まってくださったT牧師が、帰る朝に祈ってくれた祈り、綾子は覚えてる？　あの祈りの言葉は新しかったねえ。

（綾子）覚えてるわ。あの日すぐそのことで話し合ったもの。「誰もがまだ経験したことのない、新しい今日という日を、与えてくださったことを感謝します……」という言葉だったでしょう。

（光世）ご名答（笑）「宇宙を存続し、時間を創造された全能の神よ」という呼びかけもしていられたね。漫然と毎日を送り迎えしていることへの、いましめというか、目を覚まさせられる思いがしたよね。今日また生きているということ、これはいくら驚いても驚ききれないことなんだよね。それが、やはり単なる繰り返しになってくる。結婚生活のお互いにも、そっくりそれがいえるわけだ。やはり一日一日だねえ。

（綾子）本当ねえ。わたしたちの友人が、「ぼくのようなところへ嫁に来てくれたんですから、うちのワイフはありがたいんです」って、おっしゃった方がいらっしゃるわね。そういう気持ちを失わなかったら、本当に日々新婚でいられるかも知れないわね。

（光世）そう思うね。毎日が新しい日なんだから、二人にとっても新しい日でなければならない。ところでね、わたしたちの場合は朝から晩まで顔を合わせて仕事をしているわけだけど、普通世間一般の人の場合、夫が職場の悩みを家に持ち帰った場合、妻にどのように話すのだろうか。男は弱いですからねえ、特にこの頃は女とまちがわれるくらい弱くなりつつありますが、(笑)もともと弱いですよね。

持ちこむこと、それがいいか、どうかは、これまたその内容にもよるでしょうし、一概にはいえないでしょうね。至極《しごく》もっともな話ですが……。

(綾子)家に持ち帰る以前の問題としてね、わたし思うんですけれど、妻がやはり夫を迎える姿勢……というか、受け入れる態度、これが大事じゃないかと思うんです。

(光世)うん、受け入れ態勢ね。これはやはり妻の大きな仕事かも知れないね。

(綾子)わたし、少しおっちょこちょいかも知れないけれど、光世さんの帰りを迎える時は、何をさておいても玄関に飛んで出るのよ。銭湯から帰ってくるのでもね。今はようやく浴室ができましたから、迎える必要もなくなりましたけれど、どんなに疲れていても、とにかく笑顔で機嫌よく迎えるということ。そういう態度で迎えたら、職場でのもろもろの悩みも、半減するんじゃないかしら。わたし何も、光世さんがいろいろ悩みを持って帰ってくるだろうからって、意識してしたわけじゃないんですけれど、笑顔で迎えられるって、うれしいんじゃないかしら。

（光世）そりゃあね。ありがたいさ。綾子はその点、よくやってくれたよ。銭湯に行くのに、玄関で見送って、銭湯を出る頃、わざわざ銭湯まで迎えに来るんですよ。いささかオーバーのようでも、ありがたかったですね。しかし綾子、誰か若いお嬢さんが、怒って書いてこなかったかな、このことを随筆で見て……。

（綾子）さあね。そんなことあったかしら？

（光世）そうかなあ。……まあ、笑顔で待ってくれている者があるということはいい。今日も仏頂面《ぶっちょうづら》していないか、ふくれっ面していないかとなったら、憂鬱で耐えられないだろうからね。

（綾子）その笑顔で待つということとの、延長としてなら、職場の悩みをダンナさんから聞いてもいいんじゃない。

（光世）いい意味の発散ということになるかも知れないね。うちの女房にいってもはじまらない、となると、やはりどこか聞いてくれるところへ寄ろうかということにもなるだろうね。現に、上司に対する不満をぶちまけるのが飲み屋では多いそうだね。

（綾子）光世さんは、仕事上の愚痴はいわなかったわね。わたし、結婚前の、臥《ね》ている時から、男の友人からもよく悩みを打ちあけられたり、相談されたりしたけれど、光世さんだけはわたしに相談してくれたことがなかったわね。それだけが不満の一つかも知れないわ。

（光世）不満といったものがほとんどなかったし、しばしば病気で同僚や上司にお世話になったこともあり、本当にありがたい職場だったから。でも仕事の内容ぐらいはいくらか話しただろう。綾子も雑貨屋をはじめたりしたから、経理をやってた関係上、薄記の話をしたり、損益計算のことを話したり……。ああ、山の木を伐《き》りすぎる心配は度々話したね。

（綾子）不満とか悩みとかではなくてね。わたしを啓蒙《けいもう》する意味でね。愚痴らなかったのは職場がよかったからでもあるでしょうし、光世さんの性格にもよるわけでしょうけれど……。

　でもね、わたし、職場によっては、ご主人が、家庭で愚痴ろうが、自慢話をしようが、それはかまわないと思うの、家庭というのは、リクリエーションする……再生する場でもあるわけでしょう。傷ついていたら、傷を癒《いや》してあげ、疲れていたら、疲れを取り去ってあげるのが、妻のつとめじゃないかしらね。

でもね、男の人は、そんなのは沽券《こけん》にかかわるっていいたいところもあるのよね。吐き出して楽になるなら、吐き出していいと思うの。夫婦ですものね。

上役に叱られたとか何とか言ったら、でもあなたのいいところは、ちゃんとわかって叱っているにちがいないとか、あなたが優秀なので、内心ねたんでいるのかも知れないわ、利休をねたんだ秀吉みたいにねとかいって、妻は聞いてあげたらいいでしょうね。

(光世) 妻も夫の職場の隠れた力になっていると思っていても、よいかも知れませんね。もちろん出しゃばるということではなく、一体として。夫が愚痴ったら、男らしくないなどと言わずに、受け入れる姿勢、それだけでも男は慰められ、励まされると思うんですよ。

(綾子) そうね。男性もそんなふうに素直でいいと思うの。むかしから、東西の英雄豪傑たちだって、誰に慰められ、励まされたかといえば、やっぱり妻なのよ。

自分は英雄だから、女のような弱い者を相手にしないといって、男と結婚したわけじゃありませんものね。

何も女に慰められることを恥としないでいいと思うんですよ。現代は共稼ぎが多くて、両方ともくたびれていて、慰めることも面倒な場合もあるでしょうけれど、それでも、妻だけはわかってくれると思われるような間柄ではありたいわね。

（光世）そうだね。姿勢の問題だね。

（綾子）そうよ。わたしは妻だから、妻の立場でいうんですけれど。わたしね、妻というものは、決して夫の悪口や、その秘密を誰にも言ってはならないと思うの。友人にも、きょうだいにも。

絶対、自分の悪口を言わない人間と一緒に生活しているって、気が楽でしょう？うっかり口をすべらせて、ということがないということ大安心でしょう。そうじゃない？

それに、夫婦は一つ部屋に寝起きしていてね、全部見せ合って生活していますわね。欠点がない人間なんて、いるわけないでしょう？　心許して、夫婦だから勝手なこと言っているのに、それを他に行って、ああだこうだというのは、これは裏切りだと、わたしは思うの。妻はただ、惚《ほ》れっぷりよく、惚れていればいいと思うのよ。わたしは、死んでも夫の悪口はいうまいと頑固に考えている女なんです。

でも、これは、やっぱり光世さんと結婚しているから、言えるセリフかも知れないわね。最敬礼しなくっちゃ。

（光世）困っちゃうねえ綾子には。（苦笑）最後のひと言は多いんじゃないの。いくら仲のよいことは気持ちがいいといわれてもね、二人だけの時じゃないからねえ。言っていいことと悪いことがあるように、言っていい時と悪い時もある。

（綾子）ごめんなさい。でもね、わたしは便器を傍に、ギプスベッドに臥ていた時に、光世さんに結婚を申しこまれたでしょう。そしてじっと何年も待っていてくれましたでしょ？

弱いわたしと結婚してからも、もう、毎日指圧をしてくれたり灸をかけてくれたりの、やさしさの連続よね。

わたしも人間のはしくれですもの。この感動がずーっと胸の中に鳴りひびいていて、消えないんです。だから、つい人にはおのろけと聞こえることを言ってしまうんですけれど、でも、わたしとしては、単なるおのろけという意識じゃないんです。これはもう、わたしのように、三十七にも八にもなるまで、待っていてもらった人間でないと、わからない気持ちかも知れないんです。

しかもね、光世さんは、そんな臥たっきりのわたしに、よく言ってくれたのは、あなたは今に大きな働きをする人だという励ましの言葉だったんです。結婚後もずっと、そう言いつづけてくれました。別に大きな働きもしていませんけれど、でも、そう常に言いつづけてくれると、自分の奥深いところから、自分でもわからない力が引き出されてきたっていう気がしますね。

その点、光世さんは、引き出す人、エデュケーションする人、教育者だと思うんですよ。それで思い出すのは、石川達三の『結婚の生態』なんです。石川先生は、新妻に将棋とか碁を教えたり、いろいろ教えるのね。

（光世）ああ、あれは、わたしも読んだよ。

（綾子）そう？　あんなふうに教えてくれる男性と結婚したいと思っていたのよ。そしたら……願いにまさる人と……。もう言いません。また叱られるわね。（笑）

――お二人は結婚なさって、おやおや、こんないやな性格があるとお互いにお思いになったことがありますか。

(光世) わたしの場合、結婚してから、綾子が特に変わったとか、いやなところが出てきたとかは、全然思いませんでしたね。おやおやと思ったこともありませんね。

(綾子) わたしも、ありませんね。二人は足かけ五年もつき合っていたわけですからね。しかも、最初の一年は友人として交際していましたでしょ?

その間に、わたしは死んだ恋人のことや、別れた婚約者のことや、その他もろもろの男の友だちのことも、洗いざらい話してありましたしね。

(光世) そうですね。しいて言えば綾子は、文章もそうですけれど、受動態が少ないんです。非常に能動的で、人に言われなくても、老人や病人のことは、進んで訪ねたりはする反面、受けて立つことになると、比較的ですが不得手ですね。

例えば、これを誰かにやろうと思っていても、くれと言われれば、やる気になれない。何かそこに、甘えとか、下心が見えると、それを忌避《きひ》するんですね。これは結婚してから知った性格ですが……。

(綾子) つまり、わたしは本当の意味で愛がないと思うの。ちょうだいといわれてやるのは、相手を卑《いや》しくさせてしまうような気がするのね。で、受けて立つのが横綱だよ、って三浦さんに言われるんですけれど。

わたしの場合、光世さんにおやおやとは思いませんでしたよ。ただ、意外だと思ったこと、まあ、こんなところもあったのという楽しい発見はありましたけれどね。

（光世）ものまねだろう？

（綾子）そうよ。一見きまじめふうなのに、人まねが上手なの。映画俳優の声色《こわいろ》や表情もまねるし、牧師や、同僚のまねもするし、字でも、わたしとそっくりに書いて見せるのよ。

結婚して何カ月も経たない時ですけれど、母の家でテレビを見て帰ってきたんです。そしたら、今のあのテレビのゼスチュアは下手だったなあって、こやしかつぎの真似をして見せてくれたの。ヒャーア、凄いと思いましたよ。

（光世）人が悪いんだなあ、わたしは。

（綾子）そうじゃないわ、人の特徴をつかむのが上手なのよ。わたしは人まねは絶対下手《へた》ね、先ほど「いやな性格」とおっしゃったでしょう。わたしは、自分を欠点だらけの人間だと思うの。だから、わたしを嫌いな人にとっては、わたしはすごく「いやな性格」の人間だと思うの。でも、光世さんは、わたしを「いやな性格」だとは思わないといってくれるのよね。

これは、受け入れ方の問題だと思うんです。短気な人間は、一面正義感が強いという長所もあるでしょうし、気の長いという性格には、不正や醜さに鈍感という短所もあるわけですわね。

言ってみれば、「いやな性格」と感ずる短所がある以上、「いい性格」と思われる長所もあるわけでしょう。だから、相手に短所がないかあるかではなくて、感ずる側の愛の問題でしょうね。

(光世) かも知れないね。こいついやな性格だなあと思いはじめたら、これは、思う側の愛情の問題と考えてみる必要はあり得るね。しかし、誰が見ても、「いやな性格」というのもあるわけだろう。兇暴だとか、冷酷だとかね。これもやはり一つの性格ということなんだろうね。

(綾子) 先天的にせよ、後天的にせよ、やはりそういうふうに外に現れるのは、形成されたものが内にあるからでしょ。その内側に形づくられているものって、やはり性格なんでしょうね。性格の定義は正確にはわからないけれど。

（光世）人間って複雑なものだからねえ。外面《そとづら》が悪くても内面《うちづら》がいいとか、いろんな現れ方を見せるから、一面だけではとても判断できないし……。誰が見ても実にいい人に見えたのに、さて結婚してみたら、それこそ兇暴だったという話も現実に聞くわけだし……。

（綾子）相手によって、悪い所ばかりがひき出されてくるっていうか、裏目裏目に出るということもあるでしょうね。

（光世）うん、そういうこともあるだろう。不協和音のような、どうしても水と油のような関係ということもねえ。まあ、そういうことで、どうにもにっちも、さっちも行かなくなると困るんだ。せっかくすばらしい相手だと思って結婚したのに、そうなったとなるとねえ。

そうなったら、やはり出発点に帰って考えてみるより仕方がないということかなあ。

いまね、ふと思ったんだが、あの野郎もいやな奴だとか、あの人もいやな奴だわって数多く思うことね、これはどうなんだろう。それが高《こう》じて行くと社会に適応できなくなって、いわゆる精神障害者になってしまうんだが、そこまで行かなくても、程度はわずかでも、やはり病んでいる状態なんじゃないだろうか。

(綾子) 厳密にいえばね、そうかも知れないわね。でも、憎むということとは別に、どうにも同調できない性格、というのか、同調してはならない現れ方、そういうものは拒否しなければいけないでしょ。兇暴、狡猾、冷酷、猥雑《わいざつ》……とか、それに怠惰とかね。

(光世) 同調はしてはいけないけれども、同情すべきものが、そこにはなかったかどうかという思いやりは?

(綾子) そうね、それは当然考えなきゃならないでしょ。

(光世) 綾子は「然り」は「然り」、「否」は「否」と、実にハッキリいえる性格なんだが、案外情にもろいよね。同情し出すと、とことん同情する。能動的だけれどね。

(綾子) でも、お涙頂戴《ちょうだい》的に同情を求められると、同情しないから、やはり、情のこわい、いやな性格よ、わたしって。

　それはともかく、結婚する前に、目を二つあけて、結婚後はこうやって、目を一つにして、ある時は両目をつむってもいいと思うけれど、相手のあらを見ないって、大事だと思うんです。

片目をつむるというのは、見て見ないふりじゃなく、つむっている片目では、自分の心の姿も見るといいのね。小意地が悪くなってはいないか、猜疑心《さいぎしん》が強くなってはいないか、と自分を見るの。偉そうなことというみたいですけれど、そうすると、相手の側に立って考えられるから、「ああ、無理もないよ」と、わかってあげられる。

(光世) そうだね。人間は自分のことなら自己弁解ができるからね、人からはいろいろ、ひどく言われることがあっても……。だから、相手を責めようとして見るのではなく、一緒に弁解してあげようと思って相手を見ることも大事だろうね。

(綾子) ありがたい人だわ。光世さんって。光世さんはよく、俺が防波堤になってやるからなと言ってくれるでしょう。波は自分がかぶるつもりでいてくれる。宿に泊まる時でも、これは無論、どこのご主人も同じでしょうけれど、入り口近くのベッドに寝てくれるわね。

誰かが入って来て、万一危害を加えられたら危ないからって、女に言わせると、ありがたいことよね、そんな気持ちは。

――一般的に言って、お二人の嫌いな異性の姿というのは、どのような姿でしょうか。

(綾子) そうねえ、卑怯《ひきょう》というのね、あれ嫌いです。会うとアッハハハと豪傑笑いしていて、かげでこそこそと人を落とし入れようとするような人ね。

あるホステスの人がいっていましたけれど、妻の悪口を言って愚痴って、同情を引こうとする男が一番ひどい卑怯な男だって。わたしも同感です。そして、家へ帰っては、口をぬぐって知らん顔をして、水商売の女なんてと、妻に悪口言って聞かせたりするの。いやですねえ、わたしも。

(光世) ちょっと話はちがうけれど、いつか漫画にあったね。自分の妻の顔を見たくないから、朝早く会社に出勤し、夜も超勤して、せっせと働いて、模範社員になってね。しかし、そんな家庭では、やっぱり本当に安心した仕事はできませんね。

……そうですねえ、いやな女ですか。どういったらいいのかなあ。困りましたねえ。自分が率直でないせいか、ねっちりした女の人って好きじゃないですね。

女くさい人、女らしいというのとはちがった……体をくねらしたり、しなをつくったりするような人はいやですね。すぐに流行に飛びついたり、やたらに厚化粧するような人も好まないです。

　怠け者や、愚痴の多い人も……これは誰も好きじゃないですね。

（綾子）よく週刊誌や新聞に、女から男に、男から女に一言という記事がありますね。面白いなって、読むのですけれど、読んだ後味の悪いものが多いのはなぜかしら。さわやかな悪口なんて、人間には言えないのね、きっと。

（光世）参考になることはあるよね。「人のふり見て、わがふりなおせ」というほどでもないにしても。

　男の立ち小便、あれはどんな気持ちでしているのかとか、トイレから出てきて手を洗わないとか、酒の盃をとりかわす不潔さとか、いろいろ読んだね。すぐに女の人の肩に手をおく男もいやがられている。

（綾子）おしっこの話まで出てしまって申し訳ないけれど、光世さんね、あなた絶対、それこそ絶対といっていいほど、一滴だって小便所でこぼさないわね。そういう人って、滅多にいないのよね。それこそ絶対こぼすべきものと心得ていらっしゃるみたいな人が殆《ほとん》ど。あれ、主婦の悩みじゃないかしら。中には床に撒水する方もいらっしゃる。しかも素面《しらふ》で。あれだけは地位も教養も関係ないのね。

(光世) そういうことを教える学科がないんだよ。(笑) まあわたしはね、腎臓結核で、尿器を何千回となく、おふくろさまに洗ってもらったからねえ。それに結婚してからも、綾子にも尿器や便器の始末をしてもらったことが多かったし……。やれ盲腸炎の手遅れだとやら、やれ肺炎になりましたとやらでねえ。せいぜい便所を汚さないことぐらい心がけないと……。

(綾子) でもね、なかなかできないことらしいわ、殿方には。ほんのちょっとした心がけで、人間もっともっときれいに住めるし、余計な手数も省けるのよね。交通事故なども、ほんのちょっとの注意が欠けることから、大変なことになるわけでしょ。

(光世) そうだね。人生って確かに、ほんのちょっとのことで変わってしまうね、恐ろしいまでに。わたしは小事にも大事にも忠実じゃないけれどね、それだけに「小事に忠なる者は大事にも忠である」というキリストの言葉ね、この言葉には重みを感じるね。

（綾子）わたしって、あなたに「かっちらかしのお綾」といわれるほど部屋を乱雑にするでしょ？　それなのに、トイレの汚いのはすごくいやなの。便器のうす汚れたのがいやだし。だから、汽車のトイレなどに入ると、性分で、つい、他の人が汚していったところを、紙で拭いたりしてしまうの。もし、他の人の汚したところを、そのままにして出たら、半日ぐらい気になって。これは、明らかに光世さんの影響があるわね。

（光世）そうかなあ。それにしても掃除をしてくるとは偉いじゃないか。

（綾子）どういたしまして。公衆のためになんていう高尚な気持ちじゃないのよ。光世さんが一滴もこぼさない人だし、二人ともトイレへ入るたび、紙で床やら便器やら拭くでしょう？　もう、これは、癖になってしまっただけよ。拭かなければ気持ちが悪いという、自分の気持ちを満足させてるだけ。人のためにやってるんじゃないから、ホメられませんよ。

（光世）汚れっていうのは、すぐ拭《ぬぐ》うと楽だね。人間の罪も同じかな。

（綾子）同じかも知れないけれど、自分の罪となると、便器の汚れとちがって、気づかないことが多くって困るわ。

愛について

愛について

恋愛結婚と見合い結婚しかないか
失恋を成長のチャンスに
愛とは何か

――恋愛結婚と見合い結婚について伺いたいのですが。

（綾子）恋愛結婚是《ぜ》か、見合い結婚非《ひ》か、ずいぶん繰り返されてきた論議ね。

（光世）そりゃあそうだろう。年々歳々人間がある限り、そして、男と女の両性がある限り、結婚はつづくわけだからね。

（綾子）わたしね、見合いか恋愛かという分類の仕方自体がどこか、まちがっているような気がするの。

（光世）まあ、まちがいかどうかはともかく、多分に問題はあるだろうね。言ってみれば、これは男と女の出会いの分類のようなものだからね。見合いは、結婚という一つの意図のもとに、二人が引き合わされることであり、恋愛は偶発的に、何の意図もなく知り合って好きになるということでね。

（綾子）そうなの。二人がどのような会い方をしたかということなのよね、恋愛結婚か、見合い結婚かということは。だから、見合い結婚した人たちが、もし、同じ職場だったら、恋愛したかも知れないということもあるのよ。

でもね、わたしは、いかにして会ったかということが、結婚にとって問題じゃないような気がするの。それよりも、自分たちは、何をポイントにして、結婚を考えたかということだと思うの。二人が結婚した決め手は何であったかということが重要だと思うの。

（光世）だろうね。今の見合いは昔とちがって、顔を見ただけで話もしない、交際もしないで、決めてしまうということは普通ないからね。恋愛に似た道を辿《たど》るわけだ。恋愛よりも、見合いの方がカッと燃えるというケースだってあるだろうからね。恋愛結婚か見合い結婚かという論議は、現代の場合、あまり意味がないだろうね。

（綾子）そうなの。そう考えてくると、恋愛か見合いかということ自体、結婚というものを、非常に浅薄に見ているような気がしてならないの。

　現代はもう、こうした分類の仕方に、異議を申し立てていい時期じゃないかと思うのよ。

（光世）そういう意味をこめて、綾子は、今まで繰り返されてきた論議だといったわけだ。わかるね、それは。紹介されたにせよ、自分たちが知り合ったにせよ、結婚を前提としたというか、意識した時点からは、同じ経過になるということね。そして、両性の合意という結末になるわけだから……。

　しかし今、今の見合いは昔とちがってといったんだが、そうばかりもいえないかな。

（綾子）例外はもちろんあるでしょ。何にだって。

（光世）いや、案外そうでもないんじゃないのか。ほら、いつか「先月の十日に見合いして、三十日に結納《ゆいのう》を入れて、今月十五日に結婚するんだが、他に恋愛中の人との約束があるし、どうしたらいいだろう」って、相談されたことがあっただろう、読者に。

見合いから、結婚までがフルスピードなんだよねえ。見合い結婚というのは、やはり義理とか、なんとか絡《から》まって……別に否定するってわけじゃないんだが、そういう傾向が今もあるということね。まあ、これなど極端な例かも知れないんだが、やはりその辺のことを、簡単に卒業できないいんじゃないのかな。論議する者としてもだよ。

（綾子）そうねえ。でも近頃は恋愛もフルスピードよ。私に言わせると恋愛か情欲かわからないけれど、一目惚《ぼ》れで、すぐその日のうちにホテルへという恋愛のケースもあるとよく聞くじゃないの。だから例外について論議するというより、何ていうかしら、これはもう、一組一組、ケースがちがうってことになるでしょう。

（光世）いや、待て待て。わたしのいうのはね、昔ながらの義理にがんじがらめにされた見合いということが、まだ多いんじゃないかということなんだよ。両性の合意は理想でね。もっとも今、綾子のいった一目惚れで、いきなりホテルへというのは、結婚の範疇《はんちゅう》には入らないだろう。それこそ例外というより、範囲外の問題だ。

（綾子）範囲外かも知れないけれど、それが恋愛だとまちがっている若い方って、それこそ多いでしょ。その経験をした者同士の結婚が、即ち恋愛結婚だと思いこんでいる人たちね。読者の手紙にも、こんな例がいくつもあるじゃないの。

(光世) うんそれは多い。確かに多い。それも取り上げられなければならない問題なんだがねえ。そのね、見合い結婚の……いやそこからもっと溯《さかのぼ》って考えていい問題があると思うんだよ。

(綾子) 例えば?

(光世) うん、まあ、一つの慣習というかな、いろいろな古い習俗だね。古いものすべてが悪いわけじゃないが、現代でも足入れ結婚ということが現にある地方では残ってるそうじゃないか。そういうことも、もう少し考えてみたらと思うんだよ。

(綾子) わたしは恋愛か、見合いかという分類の仕方に異議ありとしたんですけれど、また別の問題をはらんできたわねえ。

このあいだある若い娘さんに聞いたんですが、その子のいた地方では五、六年前まで、足入れ婚だったといっていたわね。足入れも腰入れもいやだって言ってたけれど、わたしたちには、嘘《うそ》のような本当の話ね。

それで、連想するのが、三河《みかわ》地方にあったという、仲人がまず花嫁を試して、一晩寝るという風習ね。今はまさか、ないと思うけれど。こうなると、足入れやら、仲介のそうしたいやらしい風習は、恋愛も見合いもない。まあ恋愛も見合いもするでしょうけれど、まず、家畜同様の待遇ね。人格は全く無視、物扱いですよ、これは。

(光世) 慣習の恐ろしさね。そういう極端な例でなくても、わたしたちは結婚について充分考えてみる必要があるということだね。で、綾子の見合いか恋愛かという分類に対する異議だが、もちろんその異議に異議をはさむつもりはないよ。綾子のいうとおり、何をポイントに結婚を考えるか、ということだよ。前向きにいってね。

(綾子) 本当ね。そうした恐ろしい慣習をもはらんでいる風土の中に、まだ今の日本が在るということ、よくよく考えてみなくてはならないわね。

ところで、光世さん。恋は美しいって、いうでしょう？　本当に恋は美しいかしら？　ひとつ、ここで問い直してみたいと思うの。

(光世) 問い直すことねえ。恋愛それ自体は、美しくも、みにくくもないものじゃないのかな。いや、やはり段階的にも、あるいは平面的にもまず分類して考えなければならないのかも知れないね。改めて問い直されるということは、どんなことでもむずかしいね……。

まあむずかしく考えればきりがないけれど、昔から邪恋という言葉があるから、みにくい場合もあるわけだろうが、今はあまり聞かないかな。

(綾子) 邪恋とは何か。『広辞苑』には道に外《はず》れた恋と書いてあるけれど。人妻を恋したり、人の夫を愛したりということでしょう。これはもう、今の世の中、邪恋だらけね。でも邪恋なんて思ってはいないわよ、あまり。ある人妻が、他の人の夫と恋愛して、わたしに「恋って美しいものよ」と言っていましたからね。

(光世) なるほど、邪恋即ち道ならぬ恋ね。それじゃ、邪恋以外は美しいか、どうかだが、恋愛の排他性、盲目性はよくいわれるよね。それから衝動性。それらをむき出しにするなら、決して美しいとはいえない。それらをコントロールする所に美が生まれる。

じゃ一体美って何なんだ、といわれるとこれまた大変な問題だけれども、誰しも排他的であることや、盲目的、衝撃的なことを美しいとはいわないだろうね。一般的にいってね。

（綾子）言わないわよ。でも、その盲目的で、排他的で、衝動的なものを、たぶんに持っているはずなのに、恋をしている乙女ほど美しいものはないって言うでしょう。

それは、恋することによって、ホルモンの分泌がうながされて、目がきらきら輝いたり、肌がうるおったりしますしね。心に張りがあるから、生き生きとしてくるでしょう。

けれど、恋する乙女が美しいというのは、よく言われるように、愛する人のためにも要らないような思いがあるからかも知れない。その火のような情熱や、やさしさが、美しいのかも知れない。でも、それでも、恋は美しいということに抵抗を感ずるのはなぜかしら。

（光世）なぜだろうね。お互い、もっと美しいものと考えていいはずなんだがね、過ぎ来し方をふり返ってみれば……。恋愛の当事者を祝福するのに、わたしたちは吝《やぶさか》ではないつもりなんだが、やはり手放しで喜べない例も多いということかなあ。
それはそうとね、恋愛が真に道にかなって、且《か》つ美しくあるためには、やはり指導されねばいけないんじゃないかな。盲目的に暴走してしまっては元も子もない。元も子も、そんな計算なんかないところが、即ち恋愛だっていうこともよく聞くがね、暴走して、衝突して、破滅したら、それこそ全巻の終わり、恋愛も何もない。

（綾子）そうね、その恋の盲目ということね、それなのね、恋が美しいようで、美しいとは言いかねるところ。つまり、恋人のためなら死んでもいいとは思っていても、その恋人以外は目に入らないのね。人の恋路を邪魔する者は豚に喰われて死んでしまえという歌があるわね。所によってはこの言葉「馬にけられて死ねばよい」とか聞きましたけど……。

とにかく自分たちだけのことしか考えない。つまりこれは、自分だけのことしか考えないという利己的な生き方と、姿勢としては、殆ど同じだということね。

（光世）うん、自分一人のことを考えていたのが二人になっただけといえるね。

（綾子）それで盲目。他の人の忠告も感情も、何もおかまいなしなのよね。わたしもきっとそうだったわ。純粋な恋だなんて言っても、つまりはエゴの最たるものかしらね。本当の意味で愛していたら、相手が裏切ってもゆるせるでしょうけれど。相手を愛しているようで自分を愛しているから、恨んだり、あるいはブスリ！　と殺したりということにもなるわけね。

（光世）そうだ。恐ろしいことにもなる。そうなると、ますますもって、人の言葉に耳を傾けなければね。碁でも将棋でも、我流というのは向上しない。恋愛でも同じことがいえるんじゃないかな。自分勝手じゃいけない。恋愛を上達するというのはおかしいが、誤らないためには、それなりのルールがあるだろうよね。親にでも、教師にでも、先輩にでも、大いにアドバイスを要求するといいんだよ。

（綾子）その場合ね、心をひらいて率直に聞くという姿勢ね。それがまず必要ね。話を聞いてくれる人が周囲にいるか、どうかも問題だけれど。

（光世）そうなんだ。誰も聞いてくれないと困っちゃうんだなあ。たとえ聞いてくれても、茶化したり、冷やかしたりというのじゃ、これまた困る。さっさと体を攻略するんだよ、なんて、無責任にけしかけられたりしちゃ、たまったものでないし……。

（綾子）光世さんとわたしの場合、もう年齢も三十を超えていたでしょう。それに、神に、わたしたちはいかに在るべきかを、祈っていたでしょう。これが、つまり、神が相談相手だったということよね。それに聖書も一緒に読んだし。

（光世）それから、ある段階になってからは牧師の指導もしてもらったし……。

（綾子）わたしたちの場合はその点恵まれていたわけでしょう。でも、ただ一言でも、先輩の言葉が大きいといっていたわ、わたしの友人は。手紙を書かない男は信用してはいけないって、先輩に言われていたんですって。そしたら、友人が好きになった男性は、手紙を出しても返事をくれないんですって。

　でも、電話をかけてこよすので、はじめは安心していたらしいの。そのうちに、いくら手紙を書いても、一通もくれない。それで、先輩の言葉をふっと思い出したんですって。

　それから、何となく気がかりになっていたら、その男は、手紙は証拠書類になるから書かないと、陰で言っていたらしいの。無論、手紙をくれない男すべてが、こうだとは言えないまでも、彼女の場合は、大いにこの助言が役立ったらしいわ。

（光世）ちょっと話が変わるかも知れないが、失恋には美しさが多いんじゃないかなあ、どうだろう。

（綾子）失恋のあり方ね。失恋して、恋人を殺す人もいるし、失恋した自分を反省して、その痛手によって成長する人もいるでしょう？

（光世）なるほどねえ。どちらにせよ、やはり大変なことなんだなあ。

（綾子）失恋というのは、ある時はその人の一生を変える一大事だと思うの。よくも悪くもね。人生における悩みには貧、病、老、死、などのほかいろいろありますわね、倒産、進学の失敗など。失恋だって、本人にとっては大変な悩みだと思うの。恋が、自分を盲目にするほど激しいものだけに、失った時の苦しみも、これは大変だと思うのよ。しかも、恋人を奪われたなどという時など、単に恋人が去って行ったのとはちがった苦しみでしょう？

　若い人は失恋してはじめて、如何《いかん》ともしようがない人生の苦しみにあうことが多いんじゃない？　ほら、大雪山で首を吊ろうとした学生さんがいたわね、読者の中に。死ぬほどの苦しみなのよ。それだけに、自分をぐっと、成長させるチャンスでもあるけれど。

（光世）死ぬほどの苦しみねえ。失恋の後、やぶれかぶれの結婚をして二十五年、今も尚不幸な日々を送る人もいるものねえ。後々まで、いいにつけ、悪いにつけ、尾を引くということだなあ。この苦しみに、人はどのようにして対処していくかということだねえ。

（綾子）失恋の時って、真剣ですからねえ。恋の時より、もっと盲目になっている場合だってあるでしょう？　同情なんかされても駄目、人の慰めの言葉も耳に入らないという状態ね。やけ酒というと失恋をすぐ連想するくらい、やけになっているわね、男でも女でも。恋人の一家をみな殺しにしたり、恋人を奪った相手をつけねらったり、放火したり、本当にこわいようよ。

これほどに人を狂わせる苦しみに耐えるには、対処するにはどうするかといっても、ドンピシャリとはいかないわね。

ある人は、恋人の排便する姿を想像して、恋心を冷やそうとしたそうよ。やっぱり、さっき言った待つとか、耐えるということ、大事なのよね。聖書には愛とは、結局は待ち望むとか耐えるとか忍ぶことだと書いてあるけれど……。

（光世）そうだね。恋愛にしろ、失恋にしろ、どうも戦後の教育の○×方式みたいなところがあってね。じっくり悩んだり、待ったりするところがなく、すぐに

○か×かの答えが出てしまうんだな。

人生の答えなんか、例えば失恋した時はどうする、次の答えに○をつけよ、Aあきらめる、B恨む、C自殺する、なんていうようにはいかないんでね。その人間その人間の生き方で、じっくり時間をかけて答えを出して行くわけだからね。

（綾子）そうよ、AにもBにもCにも○をつけたくなるような心境で、しかも、もっと複雑ですからね。

小さい時に、おもちゃ屋の店先で今買ってエと駄々こねるみたいに、今結婚しなくちゃだめだと駄々こねる恋愛や、失恋すればしたで、この苦しみを、たった今解消しなきゃ耐えられないんだみたいなセッカチさで、殺したり自殺したりもあるみたい。

やっぱり、三つ児の魂百までというから、小さい時から、親もすぐに子供の望みをかなえる育て方はしない方がいいのよね。大人になってからでは、処置のしようがないでしょうからね。

（光世）うん。苦難は乗りこえるためにあるのであって、それに押しひしがれるためにあるんじゃないってこと、そのことがなかなかわからないしね。

第一には、人生をやはり甘く見てはいけないということだね。好きだからといって安易に結婚し、いやになったからといって、簡単に離れる……これは一番簡単なようで、そうではないということね。大変な苦痛を招くということ、これをいわなければならない、たとえ言いづらくても……。

若い頃に読んだ小説の中に、ある若者と老僧との会話があってね、いまだに忘れられないいんだが、その若者がね、

「わたしは若い。いかなる苦しみにも耐える覚悟だ」

と大見得を切るんだよ。すると老僧が曰《いわ》くにはね、

「いや、あなたはいかなる苦しみにも耐えるというが、人間は、ローソクの火に一分と指をかざすことも、よく耐え得ないものだ。まあ人間、その場に会わなければわからぬもの、あなたもその苦痛に会うまではわからぬだろうが……」

というような話でねえ。肉体的にも精神的にも、苦痛というものを甘く見てはいけないいんだね。ただ逃避するだけであってはならないけれども、人間の弱さは知っていなければね……。

(綾子) 大人は若い人たちに、もっと厳しくあっていいと思うのよ。人生は甘く

ないんだと、厳しく教えてあげていいと思うの。でも、大学教授にしろ、高校、中学の先生にしろ、親たちにしろ、妙にものわかりがよかったり、迎合したりしてるでしょう？

本気で伸びようとしている青年は、厳しさを非常に要求していると思うんですよ。わたしも青年たちと話をすることが多いんですけれど、自分は今のままじゃいけない、それはわかっているが、どっちへ行っていいかわからないとか、変化したい、脱皮したいと、願っているようですよ。

ところが、あんたはそれでいいのよというようなおだて方で、ポルノいいじゃないか、青年は肉欲にふけるのは当然だよみたいなこと言って、ちょっともセーブするものがないとしたら、大変よね。

でも、若い時のエネルギーを、一つの方向にしぼって、力にしたいという、青年たちの猛烈な欲求にはこたえていない。心ある青年たちは、自分がいま、本気ですべきものは何かって、真剣に悩んでいるらしいのね。女を抱いて、それだけで、これが俺の青春だろうか？　って、そう考えると、むなしくなってしまうっていうのね。

（光世）そうだ。現代はとか、今はとか、いろいろわたしたちもいってきたわけだが、意外に真剣な若者が多いのも事実だね。それをがっちり受けとめるのも、大人の側の責任だろうね。

ついこのあいだも、性欲にふりまわされる自分が情けないって、書いてきた青年があったが、人間そうそう変わるもんじゃない。それを、現代の若者よ、それでいいんだ、時代が変わったんだからとかいって、変に新しがっている大人がふえている。毒は毒だとはっきりいわないいんだね。

清く美しくありたいという願いは、今の青年にも十分あるし、正義感に燃える、純粋な年代なんだからね、青春時代は。何といっても、若者は大人よりは手垢《てあか》がついていないことは、まちがいない。

内的な葛藤《かっとう》を経験するせっかくの青春時代なんだから、意志的な訓練を励ましてやればいいのに、それをしない。麻薬でも与えるように、感覚を狂わせるというか、無感覚にさせてしまう。情けない話だね。

（綾子）わたしたちも、大人の一人であることを、忘れてはいけないわね。そのままでいいよと、甘えさせはしないにしても、親身になって、わかってやろうとはあまりしないもの。

（光世）うん、そうだなあ。女とまちがえる長い髪だとか、ゲバ棒だとか、苦々《にがにが》しく思うことはあっても、そのよってくるところを深く考えてやるということは、あまりしないね。

（綾子）そうね。話をしに来る人とは、話をしてもね。よく学生さんの手紙に、ゲバ棒をふるうことに疑問を持つ。もっとちがう方法で、自分たちの気持ちを現す方法があるように思われる。しかし、自分は弱虫で、友人たちの仲間はずれにされたくないから、つき合ってゲバ棒を持っているなんて書いてあるわね。

　この線までは、わたしもわかるのよね。でも、一心になって、先頭に立ってやっている人に、どれほどの理解を持っているかとなると、これはわからないわ。時々、自殺する学生指導者がいるでしょう？

（光世）うん、大宅壮一の息子の歩とかいっていたね、彼が、言ってるね。学生運動が、学生のニヒリズムの所産だといっても、大人は信用しないだろうってね。

（綾子）あれはわかるの。痛いほどわかる。でも、大人よりも、学生たち自身の中に、ニヒルが学生運動にかり立てているとは、信じたくない人がいるんじゃない？

（光世）信じたくないんだな、きっと。……若者を指導することでは、西村先生はすばらしかったそうだね。

――西村先生と申しますと？

（綾子）ああ、わたしをキリストに導いてくださった方です。札幌駅前にニシムラという大きな洋品屋さんがあるんです。レストランも経営しています。そこの先代で、もう二十年も前に逝《な》くなりましたけれどね。二十年後の今も、西村先生に指導されている人はたくさんいるはずですよ。この方はもと札幌商業の先生でしたけれどね。当時、札商というと不良学校といわれたそうですけれど、この先生によって、札商の校風は一新したといわれているんです。

授業をサボって、屋根の上で騒いでいる生徒たちに、他の先生は手出しができなかった。でも、西村先生は、その屋根にいる悪童どもを、長い竹竿でパアッと足を払ってね、さすがの学生たちも屋根にしがみついて泣き出したそうです。

こんなことをしたら、生徒たちは屋根から落ちて大けがをするか、命を失うかもわからないでしょう？　でも、先生の、命がけで俺は不正を憎むんだという気魄というか、熱情というか、それがピリリと生徒たちに伝わったのね。そうした時に若者たちは、先生の体あたりに応《こた》えて立ち上がったんでしょうね。それから、汽車のデッキで隠れて喫煙していた生徒を、デッキから落ちそうなぐらいぶん殴ったっていうんです。

「人にこそこそ、隠れてしなければならぬことを、青年はするものじゃない！」

　って。

（光世）しかし、それは西村先生という人の人格がすばらしかったから、効果があったんだろう？

（綾子）そうよ。さるまねをしても駄目ね。その叱られた連中が、今六十歳を過ぎていて、西村先生の話なら三晩つづけて話させてくださいって、目を光らせるのよ。もう五十年前の生徒でしょう。二十年前に死んだ先生を慕っていてね。週に一度は二、三人集まって、先生のお話をするって言っていましたもの。死んだ先生に今も導かれているのよね。

　先生に会って人生が変わった人たちなのよね。本気になって叱ってくれる人を、青年は喜ぶのよね。無論、西村先生は、誰でもが慕い寄って行くような暖かい人柄で、全く、愛という字が人間になったような方でしょう？　ただ叱ってばかりいたわけじゃない。

五十七歳で亡くなったけれど、その時まで青年たちの憧れの的でしたよ。無論、病人や老人たちの慰め主でもあったけれど。

(光世) 青年に迎合的な人間には、確信も愛もないんだろうね。まあ、これは、わたしたち自身にも突きつけられることだが。

(綾子) 多分そうでしょうね。西村先生には愛と清さがあった。でも、わたしたち大人には冷淡とみにくさ、傲慢《ごうまん》があると思うの。そうそう、忘れるところだったけれど、西村先生は、貧しい人、体の弱い人、勉強のできない生徒を特に愛したそうね。

そして、生徒を叱っても、

「俺もお前と同じ弱さを持ってるんだ。みにくさを持ってるんだ」

と必ず言ったそうね。この謙遜さ、これが先生にはあったのよ。だから、叱られても、仲間に叱られてるような親しみがあったって言ってたわね、あの教え子の方。もう六十歳を過ぎて、立派な実業家になっているけれど。

(光世) うん、言っておられたね。考えてみると我々は傲慢で、今の若者はなんて上から見ているね。西村先生のように、一緒に泣くというところはない。何せ、わずか数年で校風を一新した方だからなあ。とにかく迎合ということがなかったんだろうねえ、先生には。

(綾子) 愛そのものね。愛がなければ、厳しさもないものなのね。

(光世) 聖書にもあるね、「あからさまに戒《いま》しめるのは、ひそかに愛するにまさる」とね。愛を、知らなければならないね。

――〝愛〟という言葉は非常に広範に用いられている割に、わからない言葉でもありますね。母性愛、父性愛、子弟愛、人類愛、社会愛、いろんなことに使われますね。恋愛はもちろん、情愛、性愛という言葉もあるし……。

(綾子) その性愛を愛だと考えているのが、一般の見方みたいね、この頃の。性的な面だけが愛であるかのようにね。

(光世) うん、綾子はよく、好きということと、愛ということとはちがうと、繰り返しいうわけだがね。一部分を全部と錯覚《さっかく》している傾向ね。

(綾子) 神の愛をアガペといいますね。聖愛といったらいいかしら。わたしたちが本当に望んでいるのは、この聖愛でしょう？　でもこの言葉は一般的でないから、わかりにくいわね。

(光世) 賀川豊彦先生は贖罪愛《しょくざいあい》といったそうだが……。アガペは、宗教用語だろうからね。理解しにくいと思うよ。恋愛や親の愛のように、自分がかわいいという気持ちが先立ってはいない。非常に次元の高い愛だからねえ。

しかし、綾子のいうように、それを聖愛というと、性愛とまたまた混同されてしまいはしないかな。音が同じだからね。

(綾子) 性にすぐ戻ってしまうのね。それじゃ困る。でも性という字も、もともと大きな意味を持っているのよね、辞典を引くまでもなく。それをすぐにいわゆるセックスというふうに解釈してしまうことがおかしいのよ。性を歪《ゆが》めてしまって。性という字はりっしんべんに生きる、即ち心を生かすことなのよね。

(光世) そうだ、性に戻って考え直してもいいね。戦後ね、誰かの小説にね、『今日吾欲情す』という題だったと思うが、そんな題の小説があって、それがね、映画化されたんだが、綾子は覚えていない？

(綾子) あったわね、映画化のことは忘れたけれど。

(光世) その映画化された時の題がね、『今日吾恋愛す』だったんだ。「きょうわれ」

の所は漢字だったかどうだったか忘れたけれど、欲情が、恋愛に昇格したことだけは、まちがいない。

（綾子）おもしろいわね、その話。愛ということの分類に、ヒントを与えるわね。わたしはあなたを愛しますという場合、本当は、わたしはあなたに欲情しますということなのかも知れないわね。

（光世）愛という言葉は、明治以降に入ってきた言葉で、日本には恋という美しい言葉があったんだ……と力説する人もいるけれども、しかしそうじゃないよね。

（綾子）そんなことないでしょう。かなしいとか、いとしいとかに使われてきたはずね。万葉にも出ているはずだし……。

キリスト教は四百年前に入ってきているし。アガペの愛は、無論思想としてもあったはずよ。

（光世）その聖なる愛だが、純愛というとどうかな。新しい意味をこめて……。

（綾子）ちょっと思いつきね。それこそむずかしいわ。頭を切り替えるのに……。第一ね、純が純でないのよ、もう。ほら、蜂蜜でも油でも、純良だとか純粋だとかいって売ってるでしょう。でも大方はまぜものなのよね。全く、白が黒で、黒が白みたいな世の中ね。

（光世）そうか、聖愛を純愛といおうっても駄目か。言葉をいじくりまわしたり、ひねりまわすみたいだが、言葉は大事にしなければならないんだなあ。本来の意味をとり返さなければならないといってもいい。そうそう新しい言葉を造り出せるものじゃないしね。

――聖書でも、愛は愛という字しかないんですね。教会では、どのように教えるんですか。

（光世）そうですね、聖書にも愛という字は実にたくさん出てくるわけですが、愛は愛という字だけを使ってますね。ただ、解説というか形容詞的な語句が加えられているところはいろいろあります。

「愛は寛容にして慈悲あり」とか、

「人その友のために己が命を捨てる、これより大いなる愛はなし」とか……。

（綾子）己《おのれ》の命を捨てるということね、単なる忍従とはちがうのね。友のために自分の命を捨てるということ、本当に大きな愛なんですけれど、これもキリストのいわれた意味は非常に深いんです。わたし自身誰を自分の友とするか、ということを考えてみると、わかりやすいと思います。わたし、光世さんのためなら死ねるかも知れないけれど……。ちょっと知り合ったぐらいの友人のためには死ねないわね。

（光世）そう。キリストは裏切り者の弟子ユダにも「友よ」と呼びかけているわけですね。だから、キリストにとって、自分以外の人間は友であり隣人なんですね。

「己の如く、汝の隣人を愛せよ」

　ともキリストはいっておられるんですが、これは自己の正しい確立が前提となっているといわれていますが、そのとおりだと思います。ですから、自分を正しく確立するように、隣人をも確立しなさい。自分を尊重するように、隣人を尊重しなさい、ということなんですね。

（綾子）いつか、愛とは一体何かという質問をした若い方がいたわね。

（光世）うん、教会でね。わたしたちも的確な答えができなかったんだが、後で牧師が教えてくれたんだったね。

「愛とは、人を幸福ならしめようとする意志または力」

　というようなことをね。これに付随していろいろ説明されたはずだし、これで完全に愛を定義し尽くしているかはともかくね、教えられたね。

ただですね、人を幸福ならしめようと意識しても、隣人を愛しようとしてもですね、簡単にはできないんですよ、人間には。天性その愛を豊かに持っている人もいるんでしょうが、我々俗人は駄目ですね。ない袖はふれないということですよ。

（綾子）そこのところね、大事な分岐点は。自分には愛したくても愛し得ない、と知ったところから信仰は始まるともいえるのね。

――なるほど。ご主人が綾子さんとの結婚を決意された時、愛を神に求めたというわけが、わかりますね。

（光世）ええ、「愛を追い求めなさい」と使徒パウロもすすめているんです。だから、ただ求めればいいわけなんです。神にね。

信ずることと家庭

信ずることと家庭

祈りのある家庭
男女の特性と協力
夫婦仲と子供への影響
受けるより与えることの幸い

（綾子）愛については語っても語っても、まだ語りつくしていないような感じがつきまとうわね。

（光世）それは愛について語ることはできても、愛することはむずかしいからだろう。

（綾子）そうね。いくら語ったところで、自分には不可能なことを語っているみたい。きりがないから、話題を変えて……。

　あのね、学校には校訓というのがありますね。家庭にも、以前は家訓がありましたよね。今も家庭によっては、それが生きているかも知れませんけれど。

(光世) 家訓か。家訓は要《い》らないんじゃないか。標語みたいなものでね。ちょっと待てよ。しかし、あってもいいような気もするね。一言でも、言葉というものは大きいからね。

「借金はすべからず」とか、「金を貸すな」とか、「保証すべからず」とかね。そういう家もあるね。そんなことも人生には必要だろうけれど、もっと高度の家訓があってもいいような気がするね。

(綾子) わたしはね、そうした精神的なものが、家庭の土台というか、柱ということ、大事だと思うの。結婚する時、二人でどんな家庭をつくりたいかと、真剣に話し合って、それを煮つめる作業って大事じゃないかしら。

　何となく一緒になっちゃったというような安易な気持ちで結婚するんじゃなくね。いちいち明文化しなくてもいい、不文律でもいいと思うの。

　たとえば、夫婦の仲にもタブーの言葉があるとか、あまり悪口を言わない家庭にしようとか、二人で話し合うことが大事だと思うの。それを家訓にして子孫に残そうとしたら、それでもいいわ。子孫に残すものって、財産よりも生き方だとわたしは思うわよ。精神的なものを何一つ残せないご先祖さまじゃ、しようがない。

(光世)たとえば、ボーナスの十分の一は社会福祉のために使えとか。

(綾子)そう、それを「受くるより与うるは幸いなり」という聖句を家訓にしてもいいし、わたしたちの家庭なら、「日曜は教会に夫婦そろって行くこと」、これは拙《まず》いかしら、信仰は強要じゃないから。とにかく、家庭に精神的な面を大きく取り入れたいのよ。基盤にそれを置きたいの。

(光世)綾子がいつも言っているね。家庭とは、家と庭があることだって、家は衣食住のシムボルで、いわば物だったね。

(綾子)ええ、これは何かで読んだことがある論なんだけれど。庭には木や花や石、そして鳥など、これは、衣食住のように日常の必需品ではないけれど、愛のシムボル。木や花や鳥は愛がなければ育たない。そして美しい花の形や色や香り、石の持つ静寂。これらは教養といってもいいと思うの。

だから家庭は、家と庭という字を書く。物だけ、金だけ豊富なのは家庭ではなくて、家よ。

(光世) しかし、現実に必ずしも庭を必要とするというわけじゃないね。四畳半一間の家に住んでいる夫婦のほうが、広々とした庭を持つ豪壮な邸宅に住む夫婦よりも、本当の意味の家と庭を持っていることがあるね。

(綾子) ええ、わたしは、それぞれの夫婦が本当にそうした意味で自分たちは家庭を持っているかと、問い直していいと思うの。

　わたしたちは、自分の家庭がね、多くの人のために祈り得る家庭でありたいと、願っていますね。夫が今日、上役に叱られて帰ってきた。しかし、夫婦で、叱った上役とその家族のために、幸せを心から祈るということができるとしたらすばらしいと思うの。

　わたしたちは朝晩祈るのですけれど、親子、きょうだい、親戚知人友人、教会の人々、町内の人々、病人、悩んでいる人たちのこと、もう何十人もの人々の名前を上げて祈るんですけれど、人の幸せを祈るって、恵みですね。

　夫婦が毎日心を合わせて祈る幸せ、これは皆さんが味わってほしいと思うの。一般に夫婦はどんな時に心を合わせるでしょうね。

（光世）しかし、まだまだ、わたしたちは祈りが足りないよ。もっと祈ることが必要だ。

（綾子）そうすると、何千坪の庭を持っているような広々とした家庭になるかしら。でも信仰を持たない人は祈るということはしないわけね。その人たちは、夫婦で、あの人も幸せになってほしい、この人も幸せになってほしいと話し合うだけでも、いいわね。

（光世）わたしたちの場合、クリスチャン同士が結婚したわけだから、共に祈るとか共に聖書を読むとか、また、共に讃美歌を歌うことには、何の抵抗も感じないがね。

わたしたちが信仰を持つに至るまで、やはりそのために祈り導いてくれた人があったわけだ。わたしたちも人のために祈らなければならないな。

（綾子）本当ね。

――祈りも信仰生活の具体的な現れだと思うんですが、ほかに日常生活の中で、信仰がどのように現れていますか。

（光世）前に言ったかも知れませんが、私たちの生活の中での信仰というと日曜礼拝ですね。これはもう、〆切で原稿が忙しくても、守るんですよ。体の悪くない限り、神への挨拶のほうが大事ですから。いちばん大切なことから先取りするということで、日曜午前は教会ですね。でも、このことのために仕事が遅れたということはないね、綾子。日曜日にも仕事をすれば、もっと仕事が進むかというと、決してそうではないね。

（綾子）ええ、ふしぎね。考えてみると。かえって、教会に行って力を与えられてくるみたい。

社会的に偉い方が来旭なさって、日曜の午前に私と会いたいと申し入れがあっても、お断りしますね。いかに偉い人でも神さまをさしおいてお会いしなくてはならないほど、偉い人はいないわけですからね。

（光世）生意気のようですがね。わたしたち意志薄弱ですから、殊更に習慣づけているともいえますね。今日は誰が来た、また、次の日曜も誰と会うということで、人間の世界だけのつきあいになってしまうと、教会に御無沙汰《ごぶさた》してしまいますから。

もちろん、仕事の性質や、勤務形態ということもあります。日曜に教会へ行けない公的な仕事のあることも知っていますが……。

(綾子) それで日曜礼拝と、水曜の夜の祈禱会《きとうかい》は先取りしてありますし、毎月第二金曜のわが家での家庭集会も、まず予定に取ってあるんですよ。一日のうちでは、朝、仕事の前に聖書を読む時間を先取りしておきます。天引《てんび》きですね。旧約三章新約一章というのが基本線ですけれど。これは、信仰を保つための、大事な時間ですから。

どこのご家庭でも、天引きの時間って、大事じゃないかしら。忙しいのなら、わたしたちの家だって、人後に落ちませんよ。起きている間中、お茶を飲む時間もないくらい……ま、これは生理的に欲しくないこともありますけど。三浦もタバコをのまないし。でもとにかく多忙なことは多忙なんです。

(光世) 酒を飲まない者に使われても、タバコをのまない者には使われるなって、昔聞いたことがあるんだけど、わたしたちに使われる人は大変かも知れないね、綾子。しかし、体だけはお互い注意しますし、人の健康はかなり察しがつくほうだと思いますよ。これは直接信仰生活というわけではないんですが。

(綾子) わたし、小説はとても下手ですけれど、伝道になればと思ってものを書くんです。でもこういうと、三浦にいつも叱られるんです。そんないい方は不遜《ふそん》だって。

（光世）やはり書く以上、表現の勉強もしなければいけないですよね。それと、何か小説と伝道を対立させるようないい方ね、そこに問題を感じてしまうんですが、確かに伝道になればという願いはこれはもう二人共切実です。

事実、全国から毎日たくさん手紙が来ます。その中には聖書はどう読むのか、どこで売っているのか、教会は誰でも行けるのか、などと、求道的《ぐどうてき》な手紙が多いんです。これにはつとめて返事を出します。小冊子やパンフレットも手紙と一緒に入れてですね。これが一仕事ですね。手紙は二、三枚しか書けないので、パンフレットなどの内容で、補っているわけです。

（綾子）それと、なるべく、土曜は若い人たちに家庭を開放してね。他の人は、忙しいのに大変でしょうとおっしゃってくださる。確かに忙しい時は、若い人たちが来ていても二、三分ちらりとみんなの顔を見るだけですけれど、でも、こういうことをすることによって、わたしたち夫婦が一つの方向を向いていることができるのね。ありがたいことですよ。

二人っきりで仲よくしているのもいいけれど、他の人を迎え入れることで、質のちがった仲のよさを味わえるんですもの。

(光世)二人だけで向かい合っているだけでは、ふやけてしまいやすいだろうね、わたしたちは。

――野暮《やぼ》な質問ですが、倦怠期《けんたいき》はありませんでしたか。

(綾子)全然。私たちの場合、いわゆる倦怠期みたいなのはなかったわね。だって、いつもいろいろなことを企画していなければならないし、倦怠だなんて優雅(?)なこと言っていられませんでしたから。夫婦が飽きるということ、どういうことかと思うぐらいね。

信仰生活といっても、具体的に大づかみにいうと、以上のようなことね。本当は、信仰生活って、朝から晩までの生活の中で、語ることのできない、一つの雰囲気、流れになっていると思うのよ。これは、共に暮らしてみなければわからないと、わたしは思うの。

意外と、何だ、これでも信仰があるのかといわれるようなくだらぬ生活をしているかも知れませんよ。人さまからごらんになると。

でもね、たとえ、喧嘩をしても、やっぱり、帰って行くところは神なのね。一日として、神にすがり頼らずにはいられないということだけは言えますよね。

(光世) そうだね、失敗もするし、自分ながら、これじゃいけないと、自分の弱さに情けなくなったりはする。その点同じですよ。

いや、信仰のない方《かた》で、道徳的、人格的に立派な方はたくさんいらっしゃる。

(綾子) そうよね。信仰は道徳ではないんですよね。わたしが悪うございました、神さまおゆるしくださいませと、神の前に頭を下げる。そして、安らぐ。これが信仰生活の在り方ね。わたしなど、欠点だらけで、立派なところ、何ひとつありやしない。

(光世) わが家の主人はわたしじゃないんですよ。無論、綾子でもない。神なんですね。だからわが家の場合、どんな問題も主である神に持ち出すわけなんです。つまり、祈りという形でですね。ですから、祈りがなければ、神をのけものにしているということになって、立ち行かないんですよ。

(綾子) 夫婦が共に神に祈るということね、喧嘩をしていてはできないことなんです。

（光世）わたしたち、喧嘩はまずしないほうでしょうが、祈りのおかげで……というより、祈らなければならないということのおかげで、喧嘩もしないのかも知れないですよ。

まあそれはともかくですね、信者の家庭は、単なるマイホーム主義ではいけないと、牧師にいわれていますね。

（綾子）マイホーム主義というのは、家庭単位の利己主義よね。すべての家庭が、自分の家庭さえよければそれでよいでは、冷たい社会になりますわね。

――祈りが逃避になることはありませんか。

（光世）お祈りを逃避的という人もいるらしいが、確かに逃避的といえばいえるんです。だが、一年に一度、家内安全を願うのとちがいますから、最も困難なことでもあるんです。毎日多くの人の幸せを神に求めることや、内面的な悪と戦う力を求めることは、決してたやすくはありませんね。所詮《しょせん》俗人ですから祈り難い時もありますしね。神のほうに顔を向けたくないような心理状態になったり、祈ってみてもはじまらないなどと、懐疑的になったり……。

（綾子）やはり祈りが信仰生活の中心ね。具体的な行動なのよね。そこには深い喜びがあるんです。日常生活のすべての原動力となって……。

(光世)「神を信ずることは、最大の仕事である」という意味のことをキリストはいわれているんですが、そこで受けた原動力で、社会的に大きな働きをした人たちは、歴史的にたくさんありますね。しかし、表面に現れなくても、それはやはり大きなことだと思いますよ。

(綾子)わたしね、クリスチャンに対しては誰にでも祈ってくださいって頼むんです。


——神って一体何ですか。


(光世)いろいろなことがいえるんですが、くだけていえば、人間の本当のおやじということですね。おやじというと、いささか語感が悪いですが、父なる神というわけです。創造者としての神ということですね。

よく、「神さまじゃないんですからね、人間は」っていいますよね。あの言葉は、非常に平易に、しかも人と神とのちがいをいい得ていると思うんです。このことは綾子が、信仰入門編『光あるうちに』で、かなり詳しくふれていますが……。

むずかしくいえば、人間の主観を越えた客観的絶対的真理としての存在者とでもいいますか。この絶対者という点に、わたしはアクセントをおくわけです。神が絶対者なら、なぜこんな不完全な人間をつくったのかという、我々人間の現状から推《お》しはかって、だから真理は絶対ではないとする観方もあるわけですが、ここには飛躍がありますね。信仰も飛躍なんですけれど……。

(綾子) 絶対的、超越的だけれど、人間を愛してくださる暖かい方よね、神さまって。ただしキリストによる罪の許しを通してね。

(光世) そういうことですよ。この神に何でも持ちこむということが、祈りともいえますでしょうね。

——そこでですね、お二人の主が神であるとしてですね、現実に日常生活、社会生活をなさっておられるわけですが、その日常生活についてお感じになっておられること、経験なさっておられることを少しお話しくださいませんか。共稼ぎの問題とか、男女の仕事の分野と結婚生活とか、いろいろあると思うんですが。特に、妻である綾子さんが表面に出て仕事をなさっておられるわけですが、そうした場合の離婚もよく聞きますし、夫であるご主人の感想といったところなども……。

(綾子) わたしが小説を書くようになって、いろいろ苦労をかけてるわね、光世さんに。

(光世) いや、あまりありませんね。確かに綾子が名前が出ているわけですが、そのことと人間の価値とは無関係でしょう、本質的に。綾子は、よく自分のことを虚名というんですが、別に雑貨屋をしていた時と、態度は変わりません。これはハッキリいえます。これが変わってくると、やはり問題でしょうね。

(綾子) わたしね、旧約聖書にある、女は男の肋骨《ろっこつ》から作られたという物語ね、あれが何ともいえなくうれしいのよ。この頃、女性上位だとか、何だとかいうけれど、やはり女は弱い存在よね。

(光世) うん、強くなったとか、母は強しとかいうけれど、男より弱い器というのが、聖書の示すところだね。女や子供は戦争しないからね。仮に戦争に出ても、主力とはなれない。もちろん、男の戦争も反対ですがね。

(綾子) 女は女の弱さを知っていると、無理な強がりをいわないですむと思うのよ。そうすればかえって、それなりの女の個性を発揮できるんじゃないかしら。

(光世) 明らかに、男女の分野はあるね。いろんなことに。服装などで、男が女のまねをすることや、女が男装することは旧約聖書の時代から禁じられていますがね。ただね、わたしは現実の仕事の場合、これは男の仕事、これは女のなすべき仕事と、あまり劃然《かくぜん》と分けてしまうことには疑問を持ちますね。確かに男に向く仕事、女に向く仕事もあるわけだけれど、どちらがしてもいい仕事もたくさんある。この点、固定観念にとらわれてはいけないと思うんですよ。

例えばですね。わたしが仮に炊事《すいじ》、掃除、洗濯の果てまでやって、綾子が専《もっぱ》ら書いていたってかまわないわけです。わが家は、雑貨屋時代からいる姪《めい》がやってくれていますがね。仕事というのは、文字どおり仕《つか》える、事《つか》える、両方とも仕えることですから。男がそんなことをしていられるか、という必要はないわけですよ。男のコケンとか、メンツなど考えなくていい。

(綾子)書く仕事も、掃除も本質的に同じくサーヴィスだと思えばいいのよね。それをね、書く仕事は高級で、お掃除は低級。うちのやどろくは掃除ぐらいしかできないなんて考えたら大変ね。

(光世)大変だとも。炊事なども、おさんどんだとか、とんでもない言葉がある。おさんどんの本来の意味は知らないが、日本にはね、蔑称《べっしょう》が多過ぎるね。外国も同じかも知れないが……。毎日の炊事など、これは直接命を保つための仕事だから、特に大事なんですよね。そして、そこにも無限に工夫の余地も、やり甲斐もあるはずだと思うんですよ。

中国では、今はどうですか、その家の主人が料理を作って出すとか聞きましたがね……。

(綾子) どこの国でも、どこの家でも、それなりの習慣があるわけでしょうけれど、そしてその習慣が急に破られると、人間は混乱したり抵抗するわけだけど、もっともっとその点フリーであっていいわけね。

(光世) 共稼ぎの夫婦などでね、同じように働いて帰ってきて、妻だけが炊事から洗濯までやり、ダンナのほうは食って飲んであとはテレビじゃ、こりゃ差別もいいところだね。もっとも、その正反対もあって、恐妻家なる男も世にはいるということなんだろうがねえ。一般的にどっちが横暴なのかな、この頃は。

(綾子) そうね、どっちかしらねえ。あのね、わたし思うんですけれど、わたしはこれだけやってるのにとか、俺はお前よりもっと苦しんでいるんだぞなんて、お互いにいい出したら駄目ね。

（光世）押しつけ合うんじゃなくて、いたわり合うことだろうね、当たり前過ぎる話だけれど。ところがこの当たり前のことが、人間むずかしいんだなあ。

──ご主人は実際にどんなふうな仕事をしておられるわけですか。

（光世）いろいろ雑務をやっています。芝居のクロコみたいに。いつか雑誌の編集の方が来まして、ぼくたちはクロコですよ、といってましたが、わたしもそんなところなんですよ。というと、いささかひがみっぽく聞こえるかも知れませんがね、別にひがんでも、屈《かが》んでもいないんですよ。

ああ、ひがむということで思い出しましたが、あからさまにダンナのわたしに対する態度と、綾子へのそれとがちがう人がいますね。二人が一緒にいる時でも、ぐっと差がついて、綾子への言葉はていねいで……まあ、相手が女ということもあるんでしょうが、わたしのほうにはろくろく挨拶もしない、どうもケチなことをいうようですが、本当なんです。そんなことも、どうということでもないんですが、おもしろいなあと思いますよ。

もちろん、公的な場合で綾子が主客として招かれる場合は、当然綾子を上座に据えなければなりませんね。それこそ舞台と同じで、出る幕は区別しなければならないわけですから。
ええと、話が外《そ》れましたが、わたしの仕事でしたね。綾子の書いたものの第一の読者というところですね。必ず読みます。そして勝手なご託を並べます。ほとんど小説を読んでこなかったものですから、ほんとにでたらめな、妄評なんですが、適当なことをいうんです、聞いたふうなことをですね。いや、綾子が小説を書くようになって、いろいろと丹羽文雄先生や多くの先生にお会いしたわけですが、その先生方から教えていただいた言葉ですね。綾子がそれをわたしに伝えたこと、……二人で聞いたこともありますが、それらを綾子以上に覚えていて、「ほら丹羽先生がこういわれた、今日出海《こんひでみ》先生がこういってくださった」ということもあります。だから、聞いたふうなというだけでなく、聞いたこともいうわけです。（笑）
（綾子）三浦はね、若い頃将棋ばかり頭にあって、小説はほんとに数えるぐらいしか読んでいなかったんです。でも、ずいぶん鋭いことや、厳しいことをいうんです。
（光世）じゃお前が書いてみろといわれると、一行も書けやしない。人のものをとやかくいうのはやさしいですね。本当の批評を書くとなればむずかしいんでしょうが……。

一時期は綾子の肩こりがひどくて、口述筆記の腕の役もしましたが、この頃はまた綾子が自分で書くようになりました。しかし2Bの鉛筆で。万年筆よりだいぶ楽なようですね。それをそのまま送ってもいいんでしょうが、途中で紛失すると困りますから、複写をとるんです。でも複写をとるためには、ペンでなければ複写機にかからない。それで浄書をわたしがします。浄書をして、鉛筆書きのものを手元に残しておけばいいんですが、やはり本人でも、後になったら読めないですからね。東京にいれば、そんな作業は省けますね、きっと。

そのほか、帳簿をつけたり、電話のメモをとる仕事。綾子のメモは自分も人もわからない取り方で、大事な話は困るんですよ。

(綾子) すみません。わたしね、小学校時代からあまりノートとらなかったんです。ノートをとっても目茶苦茶でね、友だちがノート貸してくれといって、一度で借りに来なくなったくらいひどかったんです。答案も注意されたことがあります。これからお前の答案は読まないでマルをつけるからまちがわないで書けよといった先生がいるくらいきたない字です。

（光世）そんなわけで、資料の整理もわたしがだいぶしたんですが、この頃はすっかり感応して、わたしのほうがだらしなくなりました。穴熊のように、自分のまわりや机の上に、本や書類を重ねるようになって。……まあ、一昨年から秘書を頼みまして、いろいろやってもらうようになったんですが、重要な手紙はやはりわたしが書きます。

（綾子）ずいぶん指圧もしてくださったわね。逆毛《さかげ》を立ててくれたり……。

（光世）そうだったね。でも、これもこの頃はさっぱりしてやらない。指圧より、なるべく自分で体操をしたほうが、いいようですね。それにすっかり忙しくなってしまって。

（綾子）うちの秘書に言わせると三浦は器用で、何でもプロ級だというんですけど、看板を書かせても商売人で通用するし、わたしの逆毛を立てて、ドライヤーで髪型をととのえるのでも、たいていの美容師よりはうまい。指圧も指圧師より上手で、いろいろとわたしは助かっています。

　そういう器用さもありがたいんですけれど、やはり三浦の慎重さね、わたしにはないのでとても助かりますね。わたしって、走ってしまってからでも考えないほうですから。

(光世) まあ、性格は正反対ですね。しかし、個性を伸ばし合って、いじけないようにすると、反対の性格も合わないということはないんでしょうね。

(綾子) そうね、同じ性格で反撥し合うこともあるようね。あ、それから、三浦の仕事の一つにわたしに手を当ててくれるのがあるんです。あのね、人間の手には静電気があること、科学的に証明されていますね。で、どこか痛い所があると、自然に自分の手がそこへ行くでしょう。歯でも頭でも、おなかでもね。たしかに鎮痛作用があるのよ。自分の手もいいけれど他の人の手もいいのね。その手当てを三浦が随時してくれるんです。夜眠っていてもね。寝る時ぐらい、こっちのことを考えなくてもいいと思うんですけれどね、肝臓など、気づかって手を当ててくれるんです。

(光世) いや、綾子のほうが腰が軽いよ。……夫婦って、享楽し合うより協力し合うべきものかも知れませんね。

——ところで、子はかすがいなどといわれていますが、その点について伺いたいのですが。

（綾子）そうねえ。子はかすがいということが、まず大きな問題をはらんでいたのよね。夫婦の間では、別れたいという問題そのものは、何も解決されていない。

（光世）そうだね。夫婦はお互いに何の解決もない問題を心にかかえたまま、子供を不幸にするから別れない。別れないということは即ち、問題の解消じゃないんだな。

（綾子）解消どころじゃないのよ。恨みは逆に、胸の中で根強く根太く生長しているかも知れないじゃないの？

（光世）だが、一面、別れずにいるうちに、仲がよくなったという例もあるだろうね。

（綾子）ええ、でも、子供がいるから別れなかったということは、本当の意味の解決じゃないとは言えるわね。

　わたしね、近頃、身の上相談に来る人、悩みを持っている人、不幸な人たちを見ているとね、その九十九パーセントは、夫婦仲の悪い家庭に育っているのよ。金があるか、ないかなんて、人間の幸不幸とは、そう関係がないの。

　そしてね、片親でも、愛し合っていて死に別れた場合は、そう問題はないのよ。

るのね。

残された子は、死んだ父や母を慕うことによって、対話しているの。導かれているのね。

「お母さんがぼくを見守っている」とか、

「おやじのように、ぼくも立派な一生を送る」とか言ってね。

光世さんだって、三歳か四歳の頃にお父さんを失ったわけよね。でも、お父さんとお母さんは、すばらしく仲のいいご夫婦だったから、妙な歪みはないのね。

問題は、同じ片親でも、仲が悪くて別れた時でしょうね。

(光世) それはそうだが、金がないということで、仲が悪くなる例もあると、わたしは思うんだが。言わなくていい愚痴もいうのではないかな。収入のあるなしで。

(綾子) それはあるわね。でも、それは金があるかないかの問題よりも、例えば、怠けて働かないために貧しいとか、賭けごとにすっからかんになってしまうとかから来ることじゃないかしら? 「貧乏人の方が金持ちよりも多く微笑する」という言葉があるじゃないの。金がないためよりも、金があるための夫婦仲の悪くなる例の方があるみたいよ。二号をつくったり、財産がどうのこうのとね。だから、金があるかないかより以前の問題が、金のあるなしで顔を出すとも思うのよ。

(光世) それはそうだね。だからといって、貧しくてもいいんだといってもいけないんでね。富の平均は望ましいことだから。

(綾子) そうよ。でも富の平均ということとは、別の問題をわたしは言っているの。

(光世) そこをはっきりしてもらえば、いいんだがね。

(綾子) かしこまって喉。ね、どこまで話したのかしら。そう、わたしが言いたいのは、夫婦仲の悪い一組は、必ずといってもいいほど、子供を不幸にまきこんでいるということなの。

例えばね、あのTさんね、あの人の両親は仲が悪くて、父親は女をつくって、酒を飲んで帰っては母親を殴ったんですって。母親は別れたいけど、Tさんたち五人の子供がいるので、じっとがまんしてたのね。しかし、夫への恨みは大きくなるだけだから、子供たちに夫の悪口をさんざん言うわけよ。子供たちだけは、自分の味方につけようと思ってね。

(光世) 女としては、まあ、そういうふうにならざるを得ないわけだろうね。

(綾子) そうでしょう？　夫には女がいるんですからね。せめて子供に同情してもらいたいでしょう？　特に、下から二番目のTさんをかわいがってね。Tさんも母親を慕ったわけよ。Tさんは結婚しても、母親べったりでね。母親と二人で、おやじが悪い、おやじの二号が悪いといっていたのよね。

ところが、問題なのは父親や二号の悪口だけではなく、誰の悪口でもいってきたらしいの。母親は夫に恨みがある。恨みのこもった目で世の中を見ると、夫の親も、きょうだいも、商売関係の人間も、みんな夫の味方に見えて、腹立たしい。小さい時から、その恨みのこもった思いを、Tさんは聞いて育って、とうとうあらゆる人を悪くしか見られないようになって、結婚生活もまずくなったのね。それはそうでしょう。Tさんは妻の親もきょうだいも友人もすべてが、いやな人間に見えるらしいんですもの。

（光世）恨みを乳にして育ったようなものということか。そういう話はよく聞くね。

（綾子）そうね。夫婦仲が悪いと、特に父親ワンマンの家には、精神分裂症の子が出るとか。何かの本に書いてあったわ。

何しろ、家庭が歪んでいたら、子供たちも歪むわよ。夫婦仲が悪ければ、当然、妻は夫の前と、陰では言うことも態度もちがうわけでしょう。それが純真な子供の心を歪めないではいませんよ。

（光世）家庭という単位の中で、誰か一人を疎外するということ自体、もう、家庭が崩れているわけだからね。

本当は、人間各自、まあ、将棋の駒のように、鋭い駒とか、動きの大きい駒とか個性があるわけだけれど、またそれぞれに死角というか弱点も持っているわけだね。

しかし、お互いを生かし合い、助け合うと、それが力を発揮し、生きてくるわけだよ。家庭はそうでなければ、人間は本当に育たない。ところが、夫を疎外したり、妻を疎外したりすると、お互いを生かし合わずに、弱点をさらけ出してくる。

（綾子）考えれば考えるほど、夫婦という結びつきを大事にしなければと思うわね。よく子供中心なんていう人があるけれど、夫婦の関係が悪くて、子供が大事にされるわけないでしょうからね。

（光世）子供中心という考えはおかしいだろうね。家庭の構成は、老人あり、夫あり、妻あり、子供あり、さまざまでね。その一人一人が、尊重されるような家庭でなければいけないんだ。

（綾子）本当ね。夫婦仲が悪いと、老人も疎外されたり、子供に八つ当たりしたり、へんにべたべた取り入ったり、うまく行きようがないわね。

（光世）第一、人間を尊重するということがどういうことか、我々は、その辺のことがわからなすぎるんじゃないのかな。子供は愛玩物じゃないんだが……。

（綾子）べたべたと猫かわいがりにかわいがってしまう。さっきの「愛情の深い母親ほど子供を駄目にする」ということね。若い人でも、しっかりしている人はしっかりしてますから、これは年齢の問題じゃないでしょうけれど、とにかく、自分の感情本位で育てるというのは、赤ん坊が赤ん坊を育てるみたいだって、言っていた人がありましたよ。

（光世）子供を四人も五人も育てると、疲れてしまって、べたべたかわいがるということもあるだろうね。

（綾子）夫に満たされていたら、あんなかわいがり方はしないだろうなと思うような、かわいがり方は、周囲にはあるわね。夫婦喧嘩をしたら三日も口をきかないだの、すぐに実家に帰るのだのという夫婦の仲に生まれた子は迷惑ね。

　わたしは、子供の時、一番いやなのは父と母の喧嘩でしたね。うちの場合、一方的に父が怒鳴って、母は黙って叱られているだけですから、いわゆる喧嘩にはならなかったでしょうけれど、いやだった。子供にとって家庭は全世界ですよ。それが灰色になってしまう。死んでしまいたいほど、いやだった。親には、その子供のいやな気持ちはわからないと思うの。父は母に甘えているだけだったかも知れないのよ。もし、あれが、別れるの、出て行けなんていう喧嘩だったら、わたしは本当に自殺したかも知れないわよ。

（光世）お互いに、自分が子供だった時のことを思い出したら、子供の気持ちもわかるだろうね。ところで、子供をべたかわいがりにして、一番被害を受けるのは、子供もそうだが、当の母親じゃないのかねえ。

（綾子）そうなの、それなの。結局は、四十になっても五十になっても大人になりきれない子供を育ててしまうわけでしょ？　当然、問題は次から次と起きてきてね。人をのろえば穴二つよ。

（光世）何度もいうように、夫婦の結びつきだね、何といっても大事なのは。

（綾子）本当ね、つまらないことで、喧嘩などしていられないわ。夫婦にもタブーの言葉があるわけでしょう？　うちはどうせヒラですからとか、給料が安いからなんていう女性がいるでしょう。

(光世)お前の親はどうだとか、きょうだいは性格がわるいとかいうのもね。

(綾子)人間って、みんな同じなんですものね。そして、みんな別々につくられている。そのことが、わからないと、お互いにガタガタいうのね。

(光世)系図なんてありがたがってね。

(綾子)ほら、二人で数えたことがあるわね。一人の人間には二人の親がいる。その二人の親には、それぞれまた二人の親がいるから四人。こうして数えて行くと倍々の数になるの。つまり、二、四、八、十六、三十二、六十四、百二十八、二百五十六、五百十二、千二十四というふうにね。これで十代よ。合わせて二千人以上の血が入っているのよ。わずか十代で。

二千人もの人間がいたら、すばらしい秀才も美人も金持ちもいるでしょうし、また凶悪犯や、精神病や、不美人や、人殺しや、さまざまいますよ。

お前のきょうだいはだめで、自分のきょうだいは偉いなんて威張ってみたって、長い流れの中で、偶然いい時にぶつかったのかも知れないじゃない？　おしなべれば、お前の家も、俺の家も同じですよ。それよりも、夫婦は、お互いに相手に対して「上げたい」という気持ちを持っていたほうがいいじゃない？

（光世）いつもの綾子の持論だね。いたわってもらいたい、認めてもらいたい、わかってもらいたいと、もらいたい、もらいたいは子供の感情で、いたわってあげたい、認めてあげたい、わかってあげたいという気持ちを持つことだということだね。

（綾子）そうなの。いたわってくれないとかいたわってほしいというのは、いわば愚痴だし、消極的ね。それにくらべると、いたわってあげたいというのは、すごく積極的よね。

（光世）聖書の「受くるより与うるは幸いなり」だね。これは一つの幸福の論理、いや真理だ。

（綾子）そうね。それからね、相手がいたわってくれる時、そのいたわりを素直に受け入れるということも大事ね。これも一つのいたわりだわね。

（光世）何でも感謝して、してあげたり、してもらったりできたら、大したものだよ。人間って、本当の話、実に感謝できないものでね。家一軒人から建ててもらっても、感謝しない人間は感謝しない。せまいとか、広すぎるとか、間取りが悪いとか、結構文句を口から出すものだ。まあ、目というすばらしいものを我々は与えられていても、細いとか大きいとか、一重まぶたがいやだとか勝手なことをいうわけだが。

（綾子）人間とは、そういうものだと、知っておくことは必要ね。

苦しいことでも、苦しいと思わずに、楽しく取りくむ人もあるし、何でも、文句たらたらでやる人もいるし。

（光世）苦しいと言い出したら、これまた、やみくもに苦しいものだよ。意欲を持つことだね。

今の感謝で思い出したがね。綾子は、結婚した時、わたしが独身時代に恩になった恩人は誰々かと訊ねてくれたね。わたしが、こうこういう人がいるといったら、毎年お礼に行ってくれることにした。今も行ってくれている。わたしが忘れていても、さあ、行こうと言ってくれる。これは、わたしはありがたかったなあ。

（綾子）ありがたいのはこちらの方よ。そんな当たり前のことで感謝してくれるんですもの。それよりも、光世さんは、わたしの友人を全部受け入れてくれたでしょう？　男の友だちでも、女の友だちでも。

だから、わたしは結婚したために、失った友人は一人もいないわよ。むかしの婚約者や恋人でさえ訪ねてきて光世さんと仲よく話をしているじゃないの。こんな夫って、ちょっといないと思うのよ。

（光世）いや、今はそういうことはあっさりしているんじゃないのか、誰でも。男女関係がゆるやかになって、その点はいい傾向のように思うんだけどねえ。

（綾子）それがそうじゃないのよ。わたしの教え子は、うっかり初恋の人の話をして、頬っぺたをはれるほど、殴られたそうよ。それどころか、むかしの男の同級生に会って二、三分立ち話しただけで、ご主人が口も利いてくれなかったということだって聞いているわ。

――ところで、生活が変わられて、収入が増加したわけですね、お二人にとって。いかがですか、それに付随する人間関係は。歪んだということはありませんか。

お二人の経済生活についてはいかがですか。

（光世）そうですね、まあ、税金が六割も七割も引かれますが、確かに収入は増えました。しかし、生活はあまり変わっていませんね。ノー・ドリンク、ノー・スモーキング、朝食ぬきで、ノー・カー、ノー・テレビ、ただ、体のためグリーン車をよく使用します。それと、昨年ようやく浴室のある家に入りました。

(綾子)そうね。そんなところね、わたしなど、生来着物も宝石も欲しくないタチでしょう。変わりばえしないんです。いつかね、バスに乗っていたら、うしろのほうに乗っていた若いお嬢さんが、「あの人、三浦綾子よ」って、お友だちにいっているのよ。そうしたら、そのお友だちが、

「うそばっかり、あんなお粗末なもの着てるわけないわ」

「いや、かまわない人なのよ。わたしちゃんと知っているわ」

そんな話が耳に入ってきて、おかしかったんだけど、本当なんです。もう少し着ることをも考えるといいんでしょうか。光世さんに恥ずかしい思いをさせることがあるわね、きっと。

(光世)いや、そのままでいいんだよ、綾子は。よく、人にあの長いスカートなどと、じろじろ見られるけれどね。

(綾子)ええ、わたし、寒がりやだから、足首までのロングスカートを、冬になるとはくんです。四、五年前には、流行の先端を行くように見えたらしいのよね。でも今でも、じろじろ見られるわね。どうしてかしら。わたしは気づかないけれ

ど……。

（光世）ロングスカートと長靴がいけないんだろう。

（綾子）こんな調子で、自分では、病気の時も、雑貨屋をやっていた時も、変わらないつもりなんです。でも、三浦によくいわれるように、お金って確かにこわいわね。

（光世）うん、恐ろしいね。

（綾子）あのね、わたしたち小説を書くようになって、いろいろ注意されたわね。伊藤整先生にも、「三浦さん、注意してくださいよ。気前よく人にやってしまって、税金が払えなくなり、非常に無理な創作をして駄目になった人がいるんですよ」って。あの時、ぴんと来なかったけど、本当ね。入ってくるお金はみな税金なんだと思わないと、大変なことになるのね。

ああ、それから、ある方に、

「三浦さんたちは、準禁治産者にでもしなけりゃいかんな」っていわれました。

（光世）うん、そんなこともいわれたねえ。何かお金を持つということは悪いような感じ……一種の罪悪感ですね。どういうんでしょうね。結婚にでも、何にでもすぐ罪悪感を持ってしまう。行きすぎた罪悪感も罪だと聞かされたことがあるんですが、なかなかなおらないんです。何とかは死ななきゃなおらない。（笑）

（綾子）いや、すごく良心的なのよ。だから頼まれればずいぶん貸してやってしまって。

（光世）そうだねえ。ご質問のとおり、人間関係を歪めたことも多いね。ということは、何も良心的じゃなかったということだよ、綾子。

（綾子）そりゃあね、良心っていい加減だとは聞いているわ。ある人は何人奥さんがいても、良心的にやってるわけよね、その人の良心で。ある人は税金をいくらごまかしても、何とも思わない。政治家の良心と庶民の良心では、一口に良心といっても大きな差異があるし。でも、あなたの場合は、やはり鋭いのよ。

（光世）しかし結果的によくなければ、何にもならない。まちがったことをだいぶしたことは確かだよ。

率直にいって、お金の貸し借りのことなんですが、だいぶ試行錯誤を繰り返しました。キリストは「借りようとする者に対して拒むな」といわれておられる。だから拒んじゃいけないと思って、ずいぶん貸したり、やったりしたんですが、まずかったですね、確かに。

(綾子) そして、人から敬遠されたり、恨みを買ったりね。

(光世) まあそれも、こちらの側の責任なんですよ、やはり。

(綾子) とばかりは思えないけれど……。

(光世) いや、そういう関係にしない人もいると思うよ。とにかくね、聖書の言葉は両刃の剣というだろう。一方的に、あるいは杓子定規《しゃくしじょうぎ》に見ては大変なことになるわけだよ。

(綾子) そうね。「借りようとする者を拒むな」という言葉は、物の執着から解放されなさいということでしょうね。少なくとも第一段階ね。

(光世) 多分ね。そういってしまうと、素直に聖書の言葉を受けとめなくていいのかということにもなるんだけれど、一点だけをうのみにする危険はよくいわれるね。金というものは、やればいいというものではないということも、ずいぶん聞かされてきたんだが……。

(綾子) あのね、「人にしてほしいと思うことを、人にもしてやりなさい」という言葉ね。これも大変なことね。自分が何を欲しているかが問われるわけでしょう?

ここでは。自分を甘やかしてほしい……これは極端だけれど、そう思っているからといって、人にも甘やかしてやる、安易にするとなると大変なことになるわけよね。

（光世）うん、そのとおりなんだ。ただね、わたしたち、二人共、病気でさんざん多くの方におせわになってきたわけだよ。わたしなど腎摘手術の時、お金を貸してくださる方がなかったら、もう死んでいたはずなんだ。半分棒引きにしてくださった方もおられる。やはりそういう方の模範を学ばなければならないんだが、そのとおりに行かないんだなあ。

（綾子）天性愛のある方って、おられるのね。このこと、前にいったけれど。あなたがおせわになった熊谷猛哉さんやそれに飛沢の小母さんね、よく与える方ね。

（光世）実に与えたね。「与うるは受くるより幸いなり」を地でいく方がおられるね。わたしたち、いくらそういう言葉を知っても、何も実行できない。綾子の母上も与えるね。知っているから行えるかというと、どっこいそうはいかない。しかもね、与えて、人間関係が歪まないということ、これはすばらしいことだよ。

（綾子）「受けたるは忘れやすく与えたるは忘れ難し」だったかしら、光世さんのつくった格言は。

（光世）そんな言いまわしをいくらつくってみても、はじまらないんだね。与えることが、真に生かされなくてはね。そういかないのは、やはりね、愛がないんだろう。愛があれば、与えるべきでない時には、真剣にそのことをいうはずだし……「全財産を人にやっても、愛がなければ何にもならない」という聖書の言葉のとおり、貸すにしても与えるにしても、本当にその人の益になるか、よくよく考えてから決定するといいんだよね。毒になるとわかっていながら、乞われるままに応じるというのは、愛のない行為なんだなあ。簡単に応じるほうが気分的に楽だからねえ。

（綾子）わたしなんか、ずいぶんのんびりしていて、こだわらない性格なんですけれど、お金を貸すと、借りた人に対して、逆に小さくなっているのよね。

（光世）うーん、しかしその意識がいけないんじゃないのかな。

（綾子）そうかしらねえ。

（光世）まあ、綾子に言う資格は、わたしには全然ないがね。綾子は比較的受けて立たないと、さっきいったが、比較的の話で、わたしよりはるかに受けて立つからね。

——子供さんがいたら、お金を残しておいてやりたいと思いますか。

（綾子）全くありませんね。お金よりも生き方を残してやりたいと思います。

（光世）本当にそう思いますね。……しかし、これは現実に子供がいないから、そんなことがいえるのかも知れませんね。いつかいわれたよね、綾子。いや、何度も多くの人からいわれているね。三浦さんたちは、子供がいないから、親の気持ちがわからないって。一方では、あんたたちは人を甘やかすからいかんとも叱られるし……。

（綾子）そうねえ。親の気持ちがわからないこともないと思うけれど、現実にいたとしたら、どんなことになるかしらね。いくらいい生き方を残したいと思っても、どうにもならない子供になりそうね、わたしの子供など。

（光世）綾子に似てくれるといいだろうが、わたしに似るとね、具合が悪いよ、これは。（笑）第一、生き方の模範など、簡単に示せないよ。口でいうようにはね。

（綾子）むずかしいわねえ。わたしなどメロメロに情愛の深い母親になって、子供を駄目にして、稀代《きだい》の色事師にでも育ててしまうかも知れないわ。

（光世）うーん。困っちゃうね、そうなると。しかし、そこからまた人生が始まるということかねえ。

あとがき

あとがき

三浦光世

「あなたがた夫婦の対談ですか。さぞおもしろくないでしょうね。出たでも入ったでもない、すべったでもころんだでもない、何の問題もないお二人ですからねえ」

今度講談社から、わたしたちの対談集を出していただくことになったという度に、何人かの人からそんなことをいわれた。そうはいわないまでも、

「それはおもしろいでしょう。きっと」

といってくださった方は、ほとんどいない。確かにそうだろうなあと、わたしたちも思う。病弱で、晩婚で、子供もなく、只二人が仲よくしてきただけでは話にならないのではないか。せめて、性生活について、当今流行の先端をうわまわる話か、新説でも持っているならまだしも、そんな材料はからっきしないわたし

たちである。

　だから、講談社の出版部の方にこの企画をすすめられても、わたしたち自身危ぶまざるを得なかった。しかし、

「いや、現代の人間が、肉体のことばかり考えているわけではないんですよ。それぞれに悩みを持って、いかに生きるかを模索しているんです。いくらかでも、その答えを提供してほしい」

　といわれた。そういわれて、考えてみると、これまた大変な話である。顧みて、あまりにも貧しい人生経験である。いくら半世紀を生きてきたといっても、せいぜい病気で死ぬ目にあった程度で、何を語ったらいいのか見当もつかない。

　だが、数々の具体的な項目を挙げてのおすすめの前に、日頃語り合っていることを、改めて話してみようかということになった。この中にも書いて……いや、語っているが、妻の綾子の小説や自伝等を読んだ方からの手紙は、毎日数多く寄せられてきて、絶え間がない。その大半が、恋愛に結婚に、そして人生に傷つき、悩み、苦しんでいる訴えなのである。読んでいて、どうにもならないもどかしさや、歯がゆさを覚えることもしばしばである。つとめて返事を出してはいるもの

の、数行の手紙が、どれほどの力になることかと思うこともある。

この対談集も、そうした手紙の返事の延長をいくらも出ないかも知れないが、少しはお役に立つかと思う。ただし、綾子のエッセイ集が既に三冊出ているので、対談にあたってはつとめて重複を避けようとした。それで、せっかく語るべき項目を列挙していただきながら、内容が平均していない。それと、語調も一定でなく読んでいて気になることの一つかも知れないが、お許しいただきたい。

この書発行のために、講談社の榎本昌治氏と高柳信子さん、美しい装幀の労をとられた荻太郎氏には大変お世話をいただいた。ここに改めて謝意を述べたい。

一九七三年　早春

文庫版あとがき

文庫版あとがき

三浦綾子

対談当時、結婚十四年であった私たちは、今年で二十二年となった。この八年の間に、三浦の母も私の母も世を去り、更に昨年は兄の急逝《きゅうせい》に遭《あ》った。その他悲喜交々《こもごも》、様々な移り変わりがあった。が、相も変わらぬのは三浦の私に対する真実である。

昨年五月、私は帯状疱疹《たいじょうほうしん》にかかって入院した。三大「痛い病」の一つといわれる病気で、これが顔面に生じたため、一段と激しい痛みに苛《さいな》まれた。顔中火ぶくれのように腫《は》れただれ、一時は左眼失明の危機にもさらされた。三浦は私の病室に日参し、手を当ててくれた。激しい痛みも、三浦が手を近づけることで少なからず和《やわ》らげられた。この手当て療法は、一見簡単に見えるが、十分とつづけ得る人は少ない。だが三浦は、お岩のように醜くなった私に、「痛みに耐えている綾子は美しいよ」と、慰め励ましながら、手を当てつづけてくれたのである。とにかく、何かと変わりはあっても、今も変わらない三浦との対話はつづけられている。

この度、星襄一氏の版画でカバーを飾っていただき、文庫版となった。厚く御礼申し上げたい。

文庫版あとがき

三浦光世

列のうしろに顔半ばかくれて写りたる妻のをさなきまなざし愛《かな》し
吾が焼《や》きし鰊《にしん》幾度もほめて食ぶるただに愛《かな》しも今日の夕べも
吾が影と妻の影長く重なりて暑き夕べの道をふたり行く
激しき痛み忍び明かしし病む妻が何か寝言を言ひて笑ふも
言《こと》に出て愛《かな》しと吾の言ふのみに日々を足る妻いよいよ愛《かな》し

この八年間に、アララギ誌に載った中の数首である。これでは、いまだに恋人同士のようだとか、姉弟《きょうだい》のようだとかとお言葉をいただくのも当然かも知れない。近年とみに異口同音の言葉を発することが多くなったものの、今もって夫婦になりきれない二人なのであろう。

こんな未熟な夫婦の対談だが、今回新たに文庫版となった。八年前、単行本として出していただいた時と同様、面映ゆさに変わりはないが、少しでも共感していただけたら幸いである。文庫版出版を担当してくださった根岸勲氏に心より謝意を表しつつ……。

一九八一年三月

〈底本について〉

この本に収録されている作品は、次の出版物を底本にして編集しています。

「三浦綾子全集　第十七巻」主婦の友社　1992年2月5日（第1刷）

〈聖書の引用について〉

本文中の聖書の言葉は、すべて『口語訳聖書』（日本聖書協会）からの引用です。

〈差別的表現について〉

作品本文中に、差別的表現とも受け取れる語句や言い回しが使用されている場合がありますが、作品が書かれた当時の時代背景や、著者が故人であることを考慮して、底本に沿った表現にしております。ご諒承ください。

三浦綾子とその作品について

三浦綾子　略歴

1922　大正11年　4月25日
北海道旭川市に父堀田鉄治、母キサの次女、十人兄弟の第五子として生まれる。

1935　昭和10年　13歳
旭川市立大成尋常高等小学校卒業。

1939　昭和14年　17歳
旭川市立高等女学校卒業。
歌志内公立神威尋常高等小学校教諭。

1941　昭和16年　19歳
神威尋常高等小学校文珠分教場へ転任。
旭川市立啓明国民学校へ転勤。

1946　昭和21年　24歳
啓明小学校を退職する。
肺結核を発病、入院。以後入退院を繰り返す。

１９４８　昭和23年　26歳
幼馴染の結核療養中の前川正が訪れ交際がはじまる。
１９５２　昭和27年　30歳
脊椎カリエスの診断が下る。
小野村林蔵牧師より病床で洗礼を受ける。
１９５４　昭和29年　32歳
前川正死去。
１９５５　昭和30年　33歳
三浦光世と出会う。
１９５９　昭和34年　5月24日　37歳
三浦光世と日本基督教団旭川六条教会で中嶋正昭牧師司式により結婚式を挙げる。
１９６１　昭和36年　39歳
新居を建て、雑貨店を開く。
１９６２　昭和37年　40歳
『主婦の友』新年号に入選作『太陽は再び没せず』が掲載される。
１９６３　昭和38年　41歳

朝日新聞一千万円懸賞小説の募集を知り、一年かけて約千枚の原稿を書き上げる。

1964 昭和39年 42歳
朝日新聞一千万円懸賞小説に『氷点』入選。
朝日新聞朝刊に12月から『氷点』連載開始（翌年11月まで）。

1966 昭和41年 44歳
『氷点』の出版に伴いドラマ化、映画化され「氷点ブーム」がひろがる。
『塩狩峠』の連載中から口述筆記となる。

1981 昭和56年 59歳
初の戯曲「珍版・舌切り雀」を書き下ろす。
旭川市公会堂にて、旭川市民クリスマスで上演。

1989 平成元年 67歳
結婚30年記念CDアルバム『結婚30年のある日に』完成。

1994 平成6年 72歳
『銃口』刊行。最後の長編小説となる。

1998 平成10年 76歳
三浦綾子記念文学館開館。

1999　平成11年　77歳
10月12日午後5時39分、旭川リハビリテーション病院で死去。

没後

2008　平成20年
開館10周年を迎え、新収蔵庫建設など、様々な記念事業をおこなう。

2012　平成24年
生誕90年を迎え、電子全集配信など、様々な記念事業をおこなう。

2014　平成26年
『氷点』デビューから50年。「三浦綾子文学賞」など、様々な記念事業をおこなう。
10月30日午後8時42分、三浦光世、旭川リハビリテーション病院で死去。90歳。

2016　平成28年
『塩狩峠』連載から50年を迎え、「三浦文学の道」など、様々な記念事業をおこなう。

2018　平成30年
開館20周年を迎え、分館建設、常設展改装など、様々な記念事業をおこなう。

２０１９　令和元年
没後20年を迎え、オープンデッキ建設、氷点ラウンジ開設などの事業をおこなう。
２０２２　令和４年
三浦綾子生誕100年を迎え、三浦光世日記研究とノベライズ、作品テキストや年譜のデータベース化、出版レーベルの創刊、作品のオーディオ化、合唱曲の制作、学校や施設等への図書贈呈など、様々な記念事業をおこなう。

三浦綾子　おもな作品（西暦は刊行年※一部を除く）

1962　『太陽は再び没せず』（林田律子名義）
1965　『氷点』
1966　『ひつじが丘』
1967　『愛することと信ずること』
1968　『積木の箱』『塩狩峠』
1969　『道ありき』『病めるときも』
1970　『裁きの家』『この土の器をも』
1971　『続氷点』『光あるうちに』
1972　『生きること思うこと』『自我の構図』『帰りこぬ風』『あさっての風』
1973　『残像』『愛に遠くあれど』『生命に刻まれし愛のかたみ』『共に歩めば』
　　　『死の彼方までも』
1974　『石ころのうた』『太陽はいつも雲の上に』『旧約聖書入門』
1975　『細川ガラシャ夫人』

1976 『天北原野』『石の森』
1977 『広き迷路』『泥流地帯』『果て遠き丘』『新約聖書入門』
1978 『毒麦の季』『天の梯子』
1979 『続泥流地帯』『孤独のとなり』『岩に立つ』
1980 『千利休とその妻たち』
1981 『海嶺』『イエス・キリストの生涯』『わたしたちのイエスさま』
1982 『わが青春に出会った本』『青い棘』
1983 『水なき雲』『三浦綾子作品集』『泉への招待』『愛の鬼才』『藍色の便箋』
1984 『北国日記』
1985 『白き冬日』『ナナカマドの街から』
1986 『聖書に見る人間の罪』『嵐吹く時も』『草のうた』『雪のアルバム』
1987 『ちいろば先生物語』『夕あり朝あり』
1988 『忘れえぬ言葉』『小さな郵便車』『銀色のあしあと』
1989 『それでも明日は来る』『あのポプラの上が空』『生かされてある日々』
『あなたへの囁き』『われ弱ければ』
1990 『風はいずこより』

1991　『三浦綾子文学アルバム』『三浦綾子全集』『祈りの風景』『心のある家』『母』
1992　『夢幾夜』『明日のあなたへ』
1993　『キリスト教・祈りのかたち』『銃口』『この病をも賜ものとして』
1994　『小さな一歩から』『幼な児のごとく――三浦綾子文学アルバム』
1995　『希望・明日へ』『新しき鍵』『難病日記』
1996　『命ある限り』
1997　『愛すること生きること』『さまざまな愛のかたち』
1998　『言葉の花束』『綾子・大雪に抱かれて』『雨はあした晴れるだろう』『ひかりと愛といのち』
1999　『三浦綾子対話集』『明日をうたう命ある限り』『永遠に 三浦綾子写真集』
2000　『遺された言葉』『いとしい時間』『夕映えの旅人』『三浦綾子小説選集』
2001　『人間の原点』『永遠のことば』
2002　『忘れてならぬもの』『まっかなまっかな木』『私にとって書くということ』
2003　『愛と信仰に生きる』『愛つむいで』
2004　『「氷点」を旅する』

2007　『生きることゆるすこと三浦綾子新文学アルバム』
2008　『したきりすずめのクリスマス』
2009　『綾子・光世　響き合う言葉』
2012　『丘の上の邂逅』『三浦綾子電子全集』
2014　『ごめんなさいといえる』
2016　『国を愛する心』『三浦綾子366のことば』
2018　『一日の苦労は、その日だけで十分です』
　　　『信じ合う　支え合う　三浦綾子・光世エッセイ集』
2020　『カッコウの鳴く丘』（小冊子）
2021　『雨はあした晴れるだろう』（増補復刊）『三浦綾子祈りのことば』
2022　『平凡な日常を切り捨てずに深く大切に生きること』
　　　『愛は忍ぶ　三浦綾子物語——挫折が拓いた人生』
　　　『三浦綾子生誕100年記念文学アルバム　——ひかりと愛といのちの作家』
2023　『三浦綾子生誕100年記念文学アルバム　——ひかりと愛といのちの作家　増補版』

三浦綾子の生涯

難波真実（三浦綾子記念文学館 事務局長）

三浦綾子は1922年4月25日に旭川《あさひかわ》で誕生しました。地元の新聞社に勤める父・堀田鉄治と母・キサの五番めの子どもでした。大家族の中で育ち、特に祖母の影響が強かったのでしょうか、お話の世界が好きで、よく本を読んでいたようです。文章を書くことも好きだったようで、小さい頃からその片鱗がうかがえます。13歳の頃に幼い妹を亡くし、死と生を考えるようになりました。この妹の名前が陽子で、『氷点』のヒロインの名前となりました。

綾子は女学校卒業後、16歳11カ月で歌志内《うたしない》市（旭川から約60キロ南）の小学校に代用教員として赴任します。当時は軍国教育の真っ只中。綾子も一途に励んでおりました。

そんな中で1945年8月、日本は敗戦します。それに伴い、教育現場も方向転換しました。教科書への墨塗りもその一例です。そのことが発端となってショックを受け、生徒たちへの責任を重く感じた綾子は、翌年3月に教壇を去りました。私の教えていたことは何だったのか。正しいと思い込んで一所懸命に教えていたことが、まるで反対だったと、失意の底に沈みました。

しかし一方で、彼女の教師経験は作品を生み出す大きな力となりました。『積木の箱』『泥流地帯』『天北原野』など、多くの作品で教師と生徒の関わりの様子が丁寧に描かれていて、綾子が生徒たちに向けていた温かい眼差しがそこに映しだされています。また、綾子最後の小説『銃口』で、北海道綴方《つづりかた》教育連盟事件という出来事を描いていますが、教育現場と国家体制ということを鋭く問いかけました。

さて、教師を辞めた綾子は結婚しようとするのですが、結納を交わした直後に病気にかかります。肺結核でした。人生に意味を見いだせない綾子は婚約を解消し、オホーツクの海で入水自殺を図ります。間一髪で助かったものの自暴自棄は変わらず、生きる希望を失ったままでした。そしてさらに、脊椎カリエスという病気を併発し、絶対安静という療養生活に入ります。ギプスベッドに横たわって身動きできない、そういう状況が長く続きました。

しかしある意味、この闘病生活が綾子の人生を大きく方向づけました。療養が始まって2年半が経《た》った頃、幼なじみの前川正という人に再会し、彼の献身的な関わりによって綾子は人生を捉え直すことになります。人はいかに生きるべきか、愛とはなにかということを綾子はつかんでいきました。前川正を通して、短歌を詠むようになり、キリスト教の信仰を持ちました。作家として、人としての土台がこの時に形作られたのです。

前川正は綾子の心の支えでしたが、彼もまた病気であり、結局、綾子を残してこの世を去ります。綾子は大きなダメージを受けました。それから1年ぐらい経《た》った頃、綾子が参加していた同人誌の主宰者によるきっかけで、ある男性が三浦綾子を見舞います。この人が、三浦光世。後に夫になる人です。光世は綾子のことを本当に大事にして、愛して、結婚することを決めるのです。病気の治るのを待ちました。もし、治らなくても、自分は綾子以外とは結婚しないと決めたのですが、4年後、綾子は奇跡的に病が癒え、本当に結婚することができたのです。

結婚した綾子は雑貨店「三浦商店」を開き、目まぐるしく働きます。そんな折に弟から手渡された朝日新聞社の一千万円懸賞小説の社告を見て、1年かけて約千枚の原稿を書き上げました。それがデビュー作『氷点』。42歳の無名の主婦が見事入選を果たします。テレビドラマ、映画、舞台でも上演されて、氷点ブームを巻き起こしました。

一躍売れっ子作家となった綾子は『ひつじが丘』『積木の箱』『塩狩峠』など続々と作品を発表します。テレビドラマの成長期とも重なり、作家として大活躍しました。光世は営林局に勤めていたのですが、作家となった綾子を献身的に支えました。『塩狩峠』を書いている頃から綾子は手が痛むようになり、光世が代筆して、口述筆記のスタイルを採るようになりました。それからの作品はすべてそのスタイルです。光世は取材旅行にも同行しました。文字通り、夫婦としても、創作活動でもパートナーとして歩みました。

1971年、転機が訪れます。主婦の友社から、明智光秀の娘の細川ガラシャを書いてくれとの依頼があり、翌年取材旅行へ。これが初の歴史小説となり、『泥流地帯』『天北原野』『海嶺』などの大河小説の皮切りとなりました。三浦文学の質がより広く深くなったのです。同じく歴史小説の『千利休とその妻たち』も好評を博しました。

ところが1980年に入り、「病気のデパート」と自ら称したほどの綾子は、その名の通り次々に病気にかかります。人生はもう長くないと感じた綾子は、伝記小説をその頃から多く書きました。クリーニングの白洋舎を創業した五十嵐健治氏を描いた『夕あり朝あり』は、激動の日本社会をも映し出し、晩年の作品へとつながる重要な作品です。

1990年に入り、パーキンソン病を発症した綾子は「昭和と戦争」を伝えるべく、最後の力を振り絞って『母』『銃口』を書き上げました。〝言葉を奪われる〟ことの恐ろしさと、そこに加担してしまう人間の弱さをあぶり出したこの作品は、「三浦綾子の遺言」と称され、日本の現代社会に警鐘を鳴らし続けています。

綾子は、最後まで書くことへの情熱を持ち続けた人でした。そして光世はそれを最後まで支え続けました。手を取り合い、理想を現実にして、愛を紡ぎつづけた二人でした。

そして1999年10月12日、77歳でこの世を去りました。旭川を愛し、北海道を〝根っこ〟にして書き続けた35年間。単著本は八十四作にのぼり、百冊以上の本を世に送り出しました。今なお彼女の作品は、多くの人々に生きる希望と励ましを与え続けています。

この「手から手へ～三浦綾子記念文学館復刊シリーズ」は、〝紙の本で読みたい〟という三浦綾子文学ファンの声に応えるため、絶版や重版未定のまま年月が経過した作品を、三浦綾子記念文学館が編集し、本にしたものです。

〈シリーズ一覧〉

(1)三浦綾子『果《は》て遠《とお》き丘《おか》』(上・下) 2020年11月20日 (四六判)
(2)三浦綾子『青《あお》い棘《とげ》』 2020年12月1日 (四六判)
(3)三浦綾子『嵐《あらし》吹《ふ》く時《とき》も』(上・下) 2021年3月1日 (四六判)
(4)三浦綾子『帰《かえ》りこぬ風《かぜ》』 2021年3月1日 (四六判)
(5)三浦綾子『残像《ざんぞう》』(上・下) 2021年7月1日 (四六判)
(6)三浦綾子『石《いし》の森《もり》』 2021年7月1日 (四六判)
(7)三浦綾子『雨《あめ》はあした晴《は》れるだろう』(増補) 2021年10月1日(四六判)
(8)三浦綾子『広《ひろ》き迷路《めいろ》』 2021年10月30日 (四六判)
(9)三浦綾子『裁《さば》きの家《いえ》』 2023年2月14日 (四六判)
(10)三浦綾子『積木《つみき》の箱《はこ》』 2023年8月15日 (四六判)

(11)三浦綾子『天《てん》の梯子《はしご》』 2024年4月4日(文庫版)
(12)三浦綾子・三浦光世『愛に遠くあれど』 2024年5月1日(文庫版)

ほか、公益財団法人三浦綾子記念文化財団では、記念出版、横書き・総ルビシリーズなどの出版物を刊行しています

〈読書のための「本の一覧」のご案内〉

三浦綾子記念文学館の公式サイトでは、三浦綾子文学に関する本の一覧を掲載しています。読書の参考になさってください。左記URLあるいはQRコードでご覧ください。

https://www.hyouten.com/dokusho

ミリオンセラー作家《さっか》　三《み》浦《うら》綾《あや》子《こ》

1922年《ねん》北海道《ほっかいどう》旭川《あさひかわ》市《し》生《う》まれ。小学校《しょうがっこう》教師《きょうし》、13年《ねん》にわたる闘病生活《とうびょうせいかつ》、恋人《こいびと》との死別《しべつ》を経《へ》て、1959年《ねん》三浦光世《みうらみつよ》と結婚《けっこん》し、翌々《よくよく》年《ねん》に雑貨店《ざっかてん》を開《ひら》く。

1964年《ねん》小説《しょうせつ》『氷点《ひょうてん》』の入選《にゅうせん》で作家《さっか》デビュー。約《やく》35年《ねん》の作家生活《さっかせいかつ》で84にものぼる単著作品《たんちょさくひん》を生《う》む。人《ひと》の内面《ないめん》に深《ふか》く切《き》り込《こ》みながらそれでいて地域風土《ちいきふうど》に根《ね》ざした情景描写《じょうけいびょうしゃ》を得意《とくい》とし〝春《はる》を待《ま》つ〟北国《きたぐに》の厳《きび》しくも美《うつく》しい自然《しぜん》を謳《うた》い上《あ》げた。1999年《ねん》、77歳《さい》で逝去《せいきょ》。

愛に遠くあれど

手から手へ～三浦綾子記念文学館復刊シリーズ⑫

二〇二四（令和六）年五月一日　初版発行
二〇二四（令和六）年七月三十一日　第三刷発行

著者　三浦綾子・三浦光世
発行者　田中綾
発行所　公益財団法人三浦綾子記念文化財団
〒〇七〇―八〇〇七
北海道旭川市神楽七条八丁目二番十五号
電話　〇一六六―六九―二六二六
https://www.hyouten.com
価格は裏表紙に表示してあります。
印刷・製本　株式会社グラフィック

 ISBN 978-4-910881-10-2